蔑まれた純情

ダイアナ・パーマー 作

ハーレクイン・プレゼンツ 作家シリーズ 別冊

東京・ロンドン・トロント・パリ・ニューヨーク・アムステルダム
ハンブルク・ストックホルム・ミラノ・シドニー・マドリッド・ワルシャワ
ブダペスト・リオデジャネイロ・ルクセンブルク・フリブール・ムンバイ

TO LOVE AND CHERISH

by Diana Palmer

Published by Harlequin Japan, a Division of K.K. HarperCollins Japan, 2024

ダイアナ・パーマー

シリーズロマンスの世界でもっとも売れている作家のひとり。各紙のベストセラーリストにもたびたび登場している。かつて新聞記者として締め切りに追われる多忙な毎日を経験したことから、今も精力的に執筆を続ける。大の親日家として知られており、日本の言葉と文化を学んでいる。ジョージア州在住。

1

シェルビー・ケインはスーツケースに荷物を詰めながら、いまにもつらい運命に見舞われそうな気がしていた。スカイランスのような大牧場で一週間を過ごせるなら、たいていの女の子は大喜びするだろう。ところが、シェルビーはキングことキングストン・ブラントと再会することに少しも気持ちが浮きたたなかった。この前行ったときには、真夜中に泣きながらテキサスの牧場をあとにするはめになってしまったのだ。

　今度、ダニーから一週間の休暇をブラントビルでいっしょに過ごそうと誘われたとき、ほんとうは断りたかった。それなのに、つい、その場の勢いで承知してしまったのだ。サンアントニオに新しくできたディスコのバーで楽しい夜を過ごしていたとき、ダニーが笑顔でこう言ったのだ。「休暇は僕の家で過ごそう。父も母もきっと喜ぶよ。君をすごくかわいがっているんだ。そうだろう？」

　それはほんとうだった。ケイトとジムのブラント夫妻は、シェルビーが初めてスカイランスを訪れたときに大歓迎してくれて以来、年ごとに深い愛情を注いでくれるようになっていた。それなのに、めったにない訪問がシェルビーにとって試練とも思えてしまうのは、ひとえにキングのせいだった。広い額と相手を射すくめるような黒い目。けわしい表情を浮かべる浅黒い顔。それらを思い出すだけで、体がふるえてくる。キングは彼の牧場が広がる土地に似て、取っつきにくく、鞍《くら》革のようにタフで頑固だった。

　そのうえ、キングは〝都会の女〟が大嫌いだった。

シェルビーがふつうに働く女性だとか、だれかのごく地味ないとこででもあったなら、彼ももう少しやさしく接したかもしれない。ところがシェルビーは妖精《ようせい》のようなかわいらしい顔立ちに、ベルベットのように深みのある茶色の目をして、ショートカットのまっすぐな髪は黒いダイヤモンドのようにつややかだった。

おまけに仕事はモデルだから、キングの気にいるわけはなかった。ただし、生活のためにどうしても働かなければならないというのではなかった。母親のマリア・ケインは海外でも名前の知られた女優で、シェルビーは欲しいものはなんでも手に入れることができた。けれど、そんなことはプライドが許さなかった。彼女がもっとも望むのは自立すること。母親が悔しがるのをよそに、自分の道は自分で切り開いてきた。

しかしキングは、シェルビーが自立を勝ち取るのにどれほど懸命に闘ってきたかは知らないし、そんなことには関心も示さなかった。彼にとって、シェルビーは純粋にお飾り的な女性としか映らなかった。社交界で甘やかされた小娘が、きびしい牧場の生活に適応できるはずがない。そう考えていた。

突然寝室のドアが勢いよく開いて、驚くシェルビーの前に、ルームメートのイーディ・ジャクソンが赤毛の火の玉のように飛びこんできた。

「まさか、またスカイランスに行くんじゃないでしょうね！」イーディが叫んだ。

「あなた、ダニーに会ったのね」シェルビーはため息をついた。

「ええ、彼の仕事をしているの」イーディはほほえんだ。「それはともかく、ほんとうなの？」

「休暇を過ごすだけよ」シェルビーはジーンズをもう一本スーツケースに詰めながら認めた。「たったの五日間でも休暇と呼べるなら、だけれど。でも、それだけでも休めるのはラッキーだと思っているわ。二週間先に〈ジョマール〉の秋物コレクションの仕事が入っているの。ラッキーな女の子の一人としてね」彼女はふざけるように言った。

「そういう女の子の中であなたがトップだということはだれでも知ってるわ」イーディはやさしく言った。「それより、キングは牧場にいるの？」

シェルビーは身ぶるいした。「さあ、どうかしら」

イーディは心配そうに顔をしかめながら、スーツケースがのせてある真っ赤なベッドカバーに勢いよく腰を下ろした。「ねえ、シェルビー、行くのはやめたら？　この前あんなことをされているんですもの。今度も彼のせいで、あなた、耐えられなくなるわよ」

「今度はあんなひどいことにはならないわよ」シェルビーはいつものかすれ気味のやわらかい声で言った。

「この前もそう言ったのよ。でも、違ったわ。あなたにはキングストン・ブラントをおかしくさせるなにかがあるのよ。この前、ダニーもそんなことを言ってたわ。あなたはキングが数年前にふられた相手を思い出させるんじゃないかって」

「私は大丈夫よ」シェルビーはにっこりした。心の中では、どうかそのとおりになりますようにと祈っていた。彼女はスーツケースを閉めて、鍵《かぎ》をかけた。

「私の言うとおりにしてくれる？」イーディが言った。「もし大変なことになったら、今度は夜中に飛び出す前に電話してちょうだい。町まで三キロも歩いてバスに乗るなんて、とんでもないわ。いいわね？」

夜中に歩いたときのことを思い出して、シェルビーの高い頬骨のあたりが淡いピンク色に染まった。

キングはシェルビーの部屋が空っぽなのに気づいて逆上したと、あとでダニーから聞いた。しかし、彼女がなにをしたかを知ったときのキングの怒りは、それとは比べものにならないほどだったと思う。そのすさまじい感情の爆発は、今でも彼女の心の中でとどろいている。

　キングはシェルビーの仕事中に電話をかけてきて、受話器をとった同僚のモデルを死ぬほどこわがらせた。そのモデルを相手に、シェルビーがだれにも告げずにスカイランスを飛び出したことを五分間にわたってののしりつづけたのだ。どこかの酔っぱらいにさらわれたら、どうするつもりだったんだ？　そう言って非難した。電話に出たシェルビーは、あれ以上あそこにいて、あなたの癇癪《かんしやく》や偏屈や侮辱に耐えるよりはましよ、と言ってやりたかった。けれど、ただ黙って聞いていた。それからやさしく、穏やかに、受話器を置いた。キングのどなり声はまだ続いていた。

　それきり電話はかかってこなかったし、会ってもいなかった。あれから半年になる。そして今ふたたび自分は虎《とら》の巣へ進んで戻ろうとしている。シェルビーはため息をついた。きっと私の家系には狂気の血が流れているのだろう。

「あなた、ダニーと結婚するつもりなの？」イーディがさぐりを入れるようにきいた。

「あら、しないわ」シェルビーは笑顔で答えた。「彼のことはすごく好きだし、二人でいればとても楽しいけれど、彼に対する気持ちは妹が兄を思うようなものなの。向こうもそれはわかっていると思うわ。結婚には単なる愛情以上のものが必要でしょう」

　イーディはため息をついた。「大富豪をバックにした前途有望な若き弁護士は捨てたものじゃないわよ」

「そうね。でも、私が望んでいるのはそんなことじゃないわ。私、社交的な人間ではないし」シェルビーは子供のころを思い出して、ちょっぴり身をすくませた。

いつ果てるとも知れぬカクテルパーティ、笑いさざめく声、酔っぱらった男たち、そして家に泊まっていく〝おじ様〟たち。シェルビーの母はすでに四回結婚していたが、ブラッドとも離婚して、どこかのだれか――最後の相手になった――と結婚することになっていた。シェルビーはブラッドが気の毒だった。母の相手のうちでは一番いい人で、マリア・ケインを心から愛していた。しかし、マリアがどんな気持ちでいたにせよ、一人娘に心の内をさらけ出そうとはしなかった。マリアはクリスマスごとにカードをくれるか、誕生日に、高価ではあっても愛情の感じられないプレゼントをくれるか、そのどちらかがせいぜいだった。ずっと昔に一度だけ、役のことかなにかで落ちこんだとき、電話をかけてきて泣き言を言ったことがある。しかし、親愛の情から電話をしてくることは一度もなかった。そのような感情は、マリアのレパートリーには存在しないのだった。

「ほんとうにあなたったら、パーティに誘っても行こうとしないんだから」イーディがこわい顔をしてにらんだ。

「お見合いみたいなものをさせられるときはとくにね」シェルビーが笑い声をあげた。

「あなたみたいに変わってる人、ほかに知らないわ」年長のイーディはため息をついた。「シェルビー、あなたも二十一歳でしょう。そろそろそんな古風な考えは捨てて、少しは現実的になってもいいころじゃない?」

シェルビーは穏やかに言った。「でも、私は今風の人間じゃないの。自分にぴったりだと思える男性が現れても、ただ欲望のままに結びつくのではなくて、相手にはなにか永続するものを望むわ。それに、子供も欲しいし」

イーディは首を振った。「でも、それではだれとも深いかかわりを持てないわよ。あなた、男の人がこわいの？」彼女はからかうように言った。

「こわいわ」シェルビーもふざけて応じたが、冗談ではなかった。拘束されるのはなんであろうとこわかった。人を愛せば、自分が弱くなる。弱い人間にはなりたくなかった。

「電話してくれるわね？」イーディは心の底から心配そうに念を押した。

シェルビーはイーディの腕にそっと触れた。「ええ、そうするわ。あなた、気をつけてね」

「私はいつも気をつけているわよ。あなたこそ気をつけて。キングストン・ブラントは朝食に少女たちを食べているんだから」

「私を食べたら、胸焼けするでしょうね」シェルビーは笑いながら言った。

ダニー・ブラントがシェルビーを迎えに来たときには、イーディはすでにオフィスに戻っていた。ドアを開けたシェルビーを見て、ダニーはにっこりした。琥珀《こはく》色のスラックスに同色のゆったりしたニットは、彼女のオリーブ色の肌や黒髪を引きたたせている。

「すごくきれいだよ。モデルをやって稼いだらどうだい？」ダニーが言った。

「太りすぎよ」シェルビーは言った。そして冗談を言い合って、二人で大笑いした。

ダニー・ブラントにはユーモアのセンスがあるが、キングには欠けているようにシェルビーには思える。キングが笑ったのを見たことがない。彼は人生をまじめで厳粛なものととらえ、その生活はすべて家畜と石油に占められていた。それにひきかえ、ダニーは笑顔を絶やさず、法律相手の職業を楽しみながらも、仕事を、あるいは人生をそれほど深刻なものとはとらえていなかった。彼もシェルビー同様、働く必要はなかった。父親かキングに頼めば、一族が経営する巨大財閥のどこだろうと好きなところにポストを見つけてくれるだろう。しかし、ダニーは若くて、独立心旺盛《おうせい》で、法律が好きだった。無料で法律相談に応じたり、法律扶助協会で働いたり、男女平等のために闘ったりしていた。シェルビーは彼のそうした人間性を尊敬し、高く買っていた。彼の主張にも同感できるから、どうしても必要と思えば、集会でいっしょに行進することもあった。心やさしいシェルビーだが、自分の立場を明らかにする勇気は持ち合わせていた。

　ダニーと兄のキングは体つきも似ていない。六歳下のダニーのほうが背が低くて、がっしりしている。髪は明るい茶色で、目は母親似の緑色だった。キングのような浅黒い肌ではなく、顔立ちも違う。二人はまるで夜と昼のようだった。

「なにをそんなに真剣に考えているんだい？」ダニーがシェルビーのスーツケースを持ちあげながらきいた。シェルビーはアパートメントの明かりを消して、戸締まりをした。

「あなたはキングとずいぶん違うなって考えていたの」

　ダニーの顔から笑みが消えた。シェルビーをグリーンのジャガーのスポーツカーに乗せると、自分も隣に乗りこんだ。「君と兄のそりが合わないのはとても残念だと思っているんだ」彼は静かに言った。「だけど、今回、キングは仕事で出かけることになっている。だから、会うことはないと思うよ」

　シェルビーはダニーの袖《そで》に触れた。ふと見ると、ダニーの目には不可解な表情が浮かんでいる。「ダニー、私のせいでお兄様と気まずくなったりしないでね」

「それはないよ」ダニーがにっこりした。「キングと僕は仲がいいんだから。僕は兄のためならなんでもするし、それはおたがいにそうなんだ。ただ、兄には……都会の女性に対する特別な感情がある。昔のことで、君にやつあたりするのは申し訳なく思っているよ。あんなふうになる兄ではないと思っていたんだが」

ダニー、あなたは半分しかほんとうのことを知らないのよ。シェルビーはみじめな気分で思った。牧場を黙って出たあの晩のことを、彼女はダニーに洗いざらい打ち明けてはいない。今ではそれでよかったのだと思っている。

車はブラントビルへ向かってサンアントニオをどんどん離れていく。シェルビーはダニーのほうへ顔を向けて、やさしく言った。「キングはだれであろうと、他人のせいで傷つくような人には見えないわ」

「女性はひどく無情にもなれるものなんだよ。知らなかったのかい?」ダニーは声をあげて笑った。「キングは無敵じゃないし、サンディに対して免疫がなかった。彼女は保険のセールスマンに乗り換えてしまった。あれはこたえたと思うよ。相手の男は金持ちですらなかったんだからね」

「それはずっと昔の話?」

「五年ほど前さ。キングはもともと堅物だったけれど、あの一件で鋼鉄みたいになってしまった。いまだに決まったデート相手はいないんだ。ジャニス・エドスンがいるけど、彼女とは真剣じゃない。僕の想像では、女性と二度と深く付き合おうとしないのは自己防衛のためだろう。彼はだれとも親しくなろうとしないんだ」

シェルビーはため息をついた。「その気持ち、わかるわ。でも、私にやつあたりしないでもらいたいわ」笑みを浮かべて言う。「彼、私にとてもつらくあたるのよ」

「やり返せばいいんだよ、シェルビー。兄はやる気のある人間に対しては敬意を抱いている。屈服するような相手には我慢できないんだ。そういう人間を前にすると、自制できなくなる」

「私、喧嘩《けんか》は得意じゃないわ。そんなことしたこともないし」

「そうだね。君はやさしい子鹿《こじか》だ。それがすべての問題なんだよ、きっと。男は、君みたいなかわいらしい存在を保護したくなる。キングのような男でも同じだ。そのせいでいらいらするんだろう。女性をさげすむのと同じくらいね」

「どういうこと？　わからないわ」

「そうだろうね。でも、僕にはわかるよ」ダニーはくすくす笑った。

「ダニー、どうしたの？」シェルビーはとまどった。

「みんなに僕たちは結婚するつもりだって言おう」

ダニーが思いがけないことを言った。

シェルビーは目をまるくして叫んだ。「なんですって？」

「ほんとうにじゃないよ」ダニーはなだめるように言った。「かついでやるのさ。君が家族の一員になるのだと思えば、キングだってつらくあたらないだろう。鎧《よろい》だと思えばいい。防護策だとね」

「そうね……でも、ダニー、ご両親はどう思われるかしら？」

「そこだよ。いよいよ僕の頭のいいことがわかるというものだ。両親はしょっちゅう僕に結婚しろと言っている。キングにその気がないことがわかっているからね。両親は日々年をとっていく。孫を欲しがっている」ダニーは自分の言葉に窒息しそうになりながら言った。

「だんだんわかってきたわ」シェルビーはうなずいた。「防護策が必要なのは、あなたなのね」

「僕たち二人ともさ」ダニーは追いつめられたような顔をしている。「僕だっていつかは結婚したいけれど、まだ二十六だ。人生は始まったばかりだ。まだまだ縛られたくないね！」

「そんなのだめよ。あなたのせいで心を痛める女性たちのことを考えてあげなくちゃ！」シェルビーはからかった。

「君がその一人でなくてよかったよ」ダニーは一瞬、まじめな顔でシェルビーを見た。「だから、婚約するふりをしようと言っているんだ。僕には妹がいない。だが、君は妹のようなものだ。これは誓ってほんとうだよ。僕たちの間に恋愛感情はいっさいないし、これからもそうだ。だが、キングは君の気持ちをひどく傷つけることだってありうる。そして、僕は周囲からライフスタイルについてうるさく言われている。だから、おたがいに助け合おうというわけだよ」

シェルビーは口をすぼめた。「そう考えれば、おもしろそうではあるわね。でも、指輪がないわ」

「その点については考えてある」ダニーはシェルビーに宝石店名の入った箱を渡した。「開けてごらん。今日オフィスを出る前に、イーディと選んだんだ」

「イーディと？」

ダニーはおかしそうに笑った。「彼女は君をキングから守るためならなんでもするよ。兄のことは買っていないからね」

シェルビーも同じ気持ちだったが、イーディに同調してダニーの気持ちを傷つけたくはなかった。彼女は箱を開けて、小さなダイヤモンドの指輪を取り出した。

「ダニー、これではあんまり……」

「気にすることはないよ。さあ、はめて」

シェルビーはきらきら輝く石をうめこんだ黄金色の指輪を左手の薬指にはめると、じっと見つめた。

「でも、ダニー……」

「僕たちの〝婚約〟が終わるころには」ダニーはなだめるように言った。「そのサイズの指輪をはめているすてきな女性と交際しているさ。いつかそれをあげるつもりなんだ。それなら、いいだろう？」

シェルビーはシートに体を沈めて首を振った。

「どうかしらね。わからないわ」

「今にわかるよ」ダニーはすまし顔でにやりとした。

「今にね」

スカイランスは牧畜業の盛んな地帯の中心にあり、牛を移送するために昔から使われているチザム・トレイル沿いに位置していて、まるでテキサスの開拓時代に戻ったような雰囲気に包まれている。周辺には、〝不便を忍ぶ〟といった、やりたくないことはなにもせずに、〝本物の〟西部を見に東部からやってくる観光客の要求を満たす、しゃれた牧場がたくさんある。そういう富裕な地域にあって、スカイランスは今でも実際に牧畜業を営む大規模牧場だった。

敷地は広大で、家畜だけでなく石油も豊富な埋蔵量を誇っていた。シェルビーはみずみずしい緑が連なるなだらかな斜面に目を奪われて、思わずため息をもらした。サンタ・ガートルーディス種の肉牛の群れが草を食《は》んでいるが、特徴のある赤い色をした体は明るい陽光のもとでとてもよくめだつ。春には一面にブルーベルの花が咲き乱れるこの草原は、かつては有名なチザム・トレイルを通って北部や西部の市場へ送られる、茶色の目をしたテキサス・ロングホーン種の牛の群れにおおいつくされていた。

密集した低木やメスキート、あるいはサボテンや砂漠がメキシコ国境へと向かって何キロにもわたって延びているテキサス西部と違い、この一帯には緑があふれている。州の木、ペカンの巨木が道路沿いに立ち並び、ハイウェイから離れた家々に影を投げかける。もちろん、このあたりにもメスキートは生えていて、その無数の根が牧草に取って代わろうとしている。朝顔に手を焼くジョージア州の造園家のように、牧場主たちにとってはやっかいなものだった。

「都会が恋しくなった？」ダニーがからかうようにきいた。

「ええ、とっても」シェルビーは笑いながら応じると、目を閉じて、ため息をついた。「こんな土地に住めたらいいでしょうね。どこまでも続く草原に馬がいて、平和で静かで。もう一度カメラの前に立てなくてもかまわないわ」

「平和と静けさは、この週末には無理だな。お祭りだからね。バーベキューや川下りレースがあるんだ」ダニーはシェルビーに視線を向けた。「それからスクエアダンスもあるよ」

シェルビーの大きな目がきらりと光った。「あら、スクエアダンスなら大好き。パートナーが見つかれば、ぜひ踊りたいわ」

「僕を見ないでくれよ」ダニーは恐怖に駆られたふりをした。「僕の足さばきがどれほどひどいか知っているだろう？」彼は妙な具合にシェルビーを見た。「キングなら踊れるよ」

シェルビーは卵形の顔を正面に向けた。その顔からは笑みが消えた。

「すまない」ダニーがまごついたように言った。

「いいのよ」

「君たちがもっと仲よくなってくれるといいんだけどな」

「どうということないわ。だって」シェルビーは思い出して、笑みを浮かべた。「彼はいないはずでしょう？」

ダニーは申し訳なさそうな顔をした。「それが、シェルビー、言い忘れていたことがあるんだ……」

彼が最後まで言いおわらないうちに、二人の背後に爆音がとどろき、クラクションが鳴った。バックミラーをのぞいたダニーのグリーンの目に、命知らずの光が飛びこんできた。

「まるでカーレースをやってるみたいだな」ダニーがつぶやく。シェルビーがスカイランスへ通じる私道に気がつくのと同時に、ダニーはハンドルをぐっと切って、小型のスポーツカーを大通りから牧場の道へ乗り入れた。

ダニーの手がせわしくギアを動かし、加速したとたんに、シェルビーの体は厚いクッションの革張りのシートに押しつけられた。背後の爆音はさらに大きくなり、車高の低い黒のポルシェが隣に並んだかと思うと、その車は一瞬ためらったあと、黒い弾丸のように飛び出した。傲慢《ごうまん》そうにクラクションを長長と鳴らしながら小さなジャガーを引き離し、そびえ立つ樫《かし》やペカンの木立へ続くカーブの向こうへ消えていった。

シェルビーはその車を目にするなり、非難がましい視線をダニーに向けた。ブラント家の母屋である十九世紀に建てられたヴィクトリア朝の邸宅の前に車をとめたダニーは、シェルビーと目を合わせて言った。

「すまない」心底悪いと思っているらしい。「だが、正直に言ってしまうと、君が来てくれないのはわかっていたし、でも、君には来てもらわなきゃならなかったからなんだ。ほんとうの理由はあとで話すよ」

「あとで私があなたと話をするかどうか、どうしてわかるの？」シェルビーは黒いポルシェから猫のように優雅な身のこなしで降り立ったキングストン・ブラントを見ながら、半分冗談めかして言った。

2

キングは相変わらず相手を威圧するような雰囲気を漂わせている。背が高く、鞭《むち》のようにしなやかな筋肉に包まれた細身の体。茶色のズボンとクリーム色のスポーツシャツをまとう姿は男性モデルにもひけをとらないほど優雅だ。

　キングはたばこに火をつけながらジャガーに向かった。途中で車の中に目をやり、弟の隣に座っているシェルビーに気づいたとたん、ライターにかけた指の動きをはたととめた。表情は石よりも硬いが、目には早くも火がつきはじめている。

　シェルビーは本能的に身をこわばらせた。とっさに車から逃げ出したいという思いに駆られ、その衝動と必死で闘った。キングはこれまでに会ったことのあるだれよりも恐ろしかった。いくら考えても理由はわからないが、その恐怖感はまぎれもなく本物で、しかも確たるものだった。ことに前回、ここへ来たときにあんなことがあってからは、いっそうその思いが強くなっていた。

「シェルビー、落ち着いて、大丈夫だから」ほっそりした体をこわばらせ、目を大きく見開いて顔を上気させたシェルビーのうろたえたようすに気づいて、ダニーがやさしく声をかけた。

　キングはたばこに火をつけてしまうと、ライターをポケットにしまった。気性の激しさは隠しようがない。彼は車を降りたダニーを温かく迎えたが、その間も視線はシェルビーに向けたままで、ダニーが車の前をまわって彼女に手を貸しているときも変わらなかった。

　緊張したようすのシェルビーは、救いを求めるかのようにダニーの手につかまって、ドアから離れた。

「やあ、シェルビーか」キングの静かな声がした。

　シェルビーはキングの陰りをおびた黒い目とまともに視線を合わせることができなかった。やっとの思いで上げた目は、彼の引き結ばれた唇のあたりまで行ってとまった。

「こんにちは、キング」シェルビーは短く挨拶《あいさつ》を返した。

「君たちが来るとは思っていなかったよ」そう言いながら、キングはダニーに鋭い一瞥《いちべつ》を与えた。

「父さんたちには知らせてあるよ」ダニーがにっこりして言った。「僕たち、婚約したことを報告に来たんだ」

　その言葉に、キングの目は爆発でもしたかのように大きく見開かれた。「おまえとシェルビーが？」なにをばかなことを、とでもいうように、そっけない口調でき き返した。

「そのとおり、僕とシェルビーがだよ」ダニーはうなずいた。「兄さんは祝福してくれないつもりなのかい？」

　キングはたばこをゆっくり吸いこみながら、シェルビーの赤く染まった顔をさぐるような目で見つめている。「それで、どこで暮らすつもりなんだ？　サンアントニオか？　夜の生活に慣れきったシェルビーが、牧場の暮らしに落ち着けるとは思えないが」吐き出すように言った。

　シェルビーは唇を噛《か》んで、ダニーの肩のほうへ顔をそむけた。早くも涙が出そうになる自分の弱虫ぶりにはいやになる。ダニーの手が彼女の腕をぎゅっとつかんだ。

「まだ地面をしっかり踏み締めてもいないうちに、攻撃しなくてもいいだろう」ダニーが息巻く。

「攻撃なんかしていないさ。ただ彼女はこの土地にはなじめそうもないと思っただけだ」キングは穏やかに言い返した。

ダニーはシェルビーのほっそりした肩に腕をまわした。「向こうで両親と話をしよう。さあ、行こう」彼はやさしく言った。

シェルビーはダニーにぴったり寄り添い、キングには視線を向けずに、通り過ぎようとした。

「シェルビー……」キングが声をかけた。

シェルビーは目を伏せたまま言った。「私、ここには一週間だけお世話になるつもりなの、キング」ささやきよりちょっと大きい程度の声だ。「だから、あなたのおじゃまにはならないと思うわ」

「なんだ、そうだったのか！」キングはどなるように言うと、踵《きびす》を返して、母屋から少し先にある事務所のほうへ去っていった。

「元気を出してくれよ」ダニーは兄が妹にするようにシェルビーを抱きしめながら、にっこりした。「最難関は通り過ぎたから、これからは楽勝だよ」


ケイト・ブラントが玄関ホールまで二人を迎えに出てきた。まず息子を抱擁し、ついで愛情たっぷりのしぐさでシェルビーを抱いた。シェルビーは家族の一員として迎えられたような気分になった。

「すてきよ、シェルビー。でも、ずいぶんやせているんじゃない？」ケイトは銀髪の頭を振りながら、シェルビーをからかった。「モデルって、ずいぶん消耗するお仕事のようね」

シェルビーはにっこりした。「少なくとも太る心配はしなくてすみますわ」

「シェルビーはとてもきれいだと思うな」ダニーが言った。「ところで母さん、僕たち結婚することにしたんだ」

ケイトの顔が一瞬、凍りついた。シェルビーは、ケイトのほっそりした貴族的な顔に奇妙なためらいと、苦痛のような表情が浮かぶのに気がついた。それは、シェルビーを息子の相手として認めないといったたぐいのものでないことはわかったが、なにかがおかしいことは明白だった。

ケイトはすぐにいつもの落ち着きを取り戻すと、愛情のこもったようすでシェルビーの体に腕をまわして居間へ案内した。茶とベージュで彩られた空調のきいた室内は、この季節には珍しいほどのテキサス南部の暑さにさらされた体には、ことさら心地よかった。

「とうとうあなたを家族の一員に迎えることができるのね。とてもうれしいわ」ケイトの声には真情がこもっている。「ちょっとびっくりしましたけどね。ダニーとあなたは、恋人というより、きょうだいのような感じだったから」

ダニーはくすくす笑いながら、ほらね、というようにシェルビーにウインクしてみせた。「今もそうかい?」彼はふざけるようにきいた。

ケイトはダークブラウンのブロケード織のソファに腰かけると、シェルビーも隣に座るようにと手招きした。

「キングストンには話したの?」ケイトはためらいがちにきいた。

そういうことだったのだ。シェルビーは納得した。ケイトは、長男がこの婚約にどう反応するかという点が気がかりだったのだ。キングがシェルビーに抱いている偏見を家族のだれもが知っているに違いない。

「話したよ」ダニーは重々しくため息をつきながら言った。そして、ソファと向かい合わせに置かれた肘掛け椅子に体を投げ出すようにして座った。

「それで?」ケイトがやさしくうながした。

ダニーは肩をすくめた。「シェルビーには牧場の生活が合わないだろうとかなんとか、辛辣《しんらつ》な言葉を吐いていたよ。それでシェルビーが、ここにいる間、キングのじゃまをしないって言ったら、捨てぜりふを残して夕日の中に消えていってしまった」

　ケイトは一瞬、目を閉じた。「そう」

「そうできたらと思います」シェルビーが言った。「私、彼が理解できないんです」

「私にはわかりますよ」ケイトは静かに言った。「なんとかあの子の力になってやれればいいんだけれど」それだけ言うと、彼女の顔からは心を痛めているようすが消え、かわりに笑みが浮かんだ。「もうこの話はおしまいにしましょう。さあ、いろいろ聞かせてちょうだい。私がサンアントニオに行っていたときから、もう数週間もたつんですからね！」

　シェルビーが最近終えたファッションショーの話をいろいろしおわったところへ、ジム・ブラントが入ってきた。光を浴びた銀髪がきらきら輝いている。シェルビーと息子を見つけると、ジムは黒い目に笑みを浮かべた。

「やあやあ、よく来たね。シャンパンを注文することになったそうじゃないか」ジムはにっこりして言った。「キングに聞いたばかりだよ」

「キングといえば、あの気むずかし屋はどこへ行ったのかな？」ダニーがにやりとしている。

「ハンディを手伝いに行ったんだ。フェンスの修理をすると言っていた」

　ダニーが目をしばたたいた。「あんなふだんの服のままで？」

　ジムは目にかぶさる銀髪をかきあげた。「私もなんだか変だとは思ったがね」

「私のせいで、かっとなったんです、きっと」シェルビーがものやわらかな声で言った。「いつもそうなんです。私、彼の気持ちを逆撫《さかな》でしてしまうみたいで」

「いつものことだ」ジムはおかしそうに笑った。

「この何カ月も、あいつはなんについてもいらついている。どうも年齢のせいじゃないかな。落ち着きがない。私には息子の気持ちがわかるよ。三十二歳になったとき、私も牧童たちをほうり出して、家畜事業から手を引き、熱気球で飛んでいきたい気分だったからね」

「あなた、明日のお祭りには、みんなをお休みにしてあげたの？」

「ああ、三人だけ残して、みんなに休みをやったよ。残った三人は、チリ料理コンテストにも川下りレースにも興味がないそうだ」ジムは笑った。「みんな年のいった男たちだよ。ベン・バリューも残り組だが、あいつがどれほどパレードや人込みを嫌っているか、君も知っているだろう」

「でも、私たちはみんな楽しみにしているわ」ケイトはいかついながらもハンサムな夫にほほえみかけた。それからシェルビーの手を軽くたたいて言った。「シェルビーも楽しめるわ、きっと。今まで、お祭りのときに来たことはなかったわね」

「私も楽しみにしています」シェルビーはにっこりして言ったものの、心はそこにはなかった。早くも来たことを後悔していた。今度もキングにつらい目にあわされるに決まっている。そのことはすでにわかりすぎるほどわかっていた。

キングは夕食の席にも現れず、ブラント夫妻が寝室へ引き取り、ダニーとシェルビーだけが居間に残されたころになって、ようやく帰ってきた。

キングは脱いだカウボーイハットをひょいとほうり投げて、廊下の帽子掛けにぴたりと命中させた。ブーツは埃《ほこり》にまみれ、きれいだった淡い黄色のシャツには泥と油のしみができている。ずいぶん疲れているように見える。顔には深いしわが刻まれ、居間へ向かう足取りはいつもよりゆっくりで元気がない。彼の一部となっている鉄の自制心を証明しているかのように、顔にはなんの感情も浮かべていない。ホームバーへ向かいながら、シェルビーからダニーへとすばやく視線を投げる黒い目からも、なんの感情も読み取れない。キングはグラスにバーボンを勢いよくつぐと、そこへ氷を入れた。グラスを手に、暖炉わきの革製の肘掛け椅子にどっかり座ると、たばこに火をつけた。

「フェンスは直ったのかい？」ダニーが両眉を上げてきいた。

「ああ、まあな」キングは口ごもるように答えた。そしてたばこを形のいい口元へ持っていくと、射るような視線をシェルビーに向けた。シェルビーはそのさぐるような視線を避けて、目を伏せた。

「家畜が逃げ出したのかい？」ダニーがきいた。

「いや」

「ずいぶん長い時間かかったものだな」

「ああ」

「今夜はいやに口数が多いじゃないか、キング！」ダニーはいらだたしげに言った。

「いったい僕になにを言わせようというんだ」キングが弱々しく言った。「おめでとう、とでも？」まるで侮辱するかのような言い方だった。

ダニーが答える前に、電話が鳴り、すぐに家政婦のミセス・デントンが戸口から顔を突き出してダニーを呼んだ。

「あなたにですよ」ミセス・デントンはダニーに向かって言いながら、シェルビーに笑顔を向けた。「いらっしゃい、ミス・ケイン。ゆうべ、テレビでお母様を見たばかりですよ。ほんとうにすばらしい女優さんですこと！」

「ありがとう」シェルビーは反射的に答えた。

「では、私はこれでやすませていただきます。みなさん、おやすみなさい」ミセス・デントンは踵を返して下がり、あとに続くダニーがうしろ手にドアを閉めた。

キングはずっと無言だったが、熱をおびたような彼の視線にさらされているシェルビーは両手を痛いほど強く握り締め、身を硬くしてソファに座っていた。キングと二人きりになるのは避けたかった。突然、部屋がいやに狭く感じられて、息苦しさを感じるほどだった。気分が鬱屈《うつくつ》しているせいだろうか。

「僕がこわいのかい、シェルビー？」沈黙を破って、キングの冷たい声が低く響いた。

「いいえ」シェルビーは落ち着いた声で答えた。

「だったら、こっちを見たらどうだ」

シェルビーは妖精《ようせい》のような顔をゆっくり上げ、大きな茶色の目で、部屋の向こうにいるキングと目を合わせた。彼は暗さを増した目を細め、シェルビーに視線を注いだまま、たばこを口元へ持っていった。心の奥まで見通すようなキングのまなざしにとらえられたシェルビーは、なぜだかわからないが、ふいに動転した。

「君たちの婚約はいかにも唐突じゃないかな？」しばらくしてキングが穏やかな口調で言った。「君とダニーは知り合ってからどれくらいになる？　二年以上か。ま、時間的には婚約するのに不足はないが」

「その……つまり、たまたまこういうことになって……」シェルビーはどう言っていいかわからなかった。

キングは自分の気持ちを内に閉じこめてしまったかのように、黙ってシェルビーを見つめた。「君は弟を幸せにはできないな。ぜったいに無理だ。あいつに必要なのは雀《すずめ》で、孔雀《くじゃく》ではないんだから」

シェルビーは視線をそらした。「私は孔雀なんかじゃないわ」

「そうかな」キングはいらだたしげに言った。「君の美しさについては、僕が言うまでもない。しかし、結婚するのに、容姿はたいした問題ではない。大事なことはほかにある。それは、二人が同じ関心を持っていること、相手を思いやる気持ちがあること、それにしっかりかかわり合うこと、そういったものだ。君にそういったものがあるかどうか、はなはだ疑問だな」

「私のことなど知らないくせに」シェルビーは静かに言った。

「この母にして、この子ありだ」キングはとげとげしい口調で言った。「君の〝ママ〟はいったい何人、夫を取り替えた？　五人、それとも六人か？　みんな美しいだけ、うわべだけの関係だろう。彼女も君と同じ、蝶《ちょう》みたいなものだ。壊れやすい、ただのお飾りだ。しかも、なんの役にも立たない。君は牧場の生活を急流下りのような気楽なものと同じに考えているんだろう」

その言葉にこめられた冷酷な傲慢《ごうまん》さに、シェルビーは憤りで顔が赤くなるのを感じた。まるで私のことをなにからなにまで知っているとでも言いたげなあの態度！　ほんとうの私がどんな人間なのか、一度だって時間を割いたり、労をとったりして、知ろうとしたこともないくせに。私がここに滞在している間、彼は私のことなど目に入らないかのような態度をとるのだ。

シェルビーは唇のふるえをとめるために下唇を噛んだ。「ダニーは牧場で暮らすつもりはないわ」やんわり言い返した。

「それはそうだろう。君への間違った情熱に駆られている限りは！」キングは怒りに燃える黒い目を細めてシェルビーをにらんだ。「あいつの憂さを晴らしてやるだけにしておいたらどうなんだ？」

シェルビーはこれ以上赤くなりようがないほど赤くなると、全身をふるわせて立ちあがった。座ったまま、これほどひどい侮辱に甘んじているくらいなら、ぶたれるほうがまだましだ。

「ぜったいに弟とは結婚させないよ、シェルビー」ドアノブに手を伸ばしたシェルビーに向かって、キングが言った。「はっきり言っておく。どんなことをしてでも、やめさせてみせる」

シェルビーは指が白くなるほどドアノブを握り締めた。

「なにか言うことはないのか、シェルビー？」キングがどなった。

シェルビーはドアを開けて部屋の外へ出ると、うしろ手にそっと閉めた。

ダニーがひげのないなめらかな顔を困ったようにしかめて、書斎から出てきた。

「ああ、君か」ダニーはそう言うと、両手をポケットに突っこんだ。「明日、彼女が来て、いっしょにお祭りに行くことになってしまったんだ」不満そうに言う。「キングの思いつきだ。僕の将来は、それにかかっている。彼女の話では、今日の午後、キングは彼女のお父さんに会いに行ったそうだ。たぶん、彼女をけしかけたんだろう」

シェルビーはいらだっているダニーの顔を見て、にっこりした。気にさわることばかり言われるキングから逃げ出して、落ち着きを取り戻していた。

シェルビーはダニーの袖《そで》に手を置いた。「彼女って、だれなの？」

ダニーは引き結んだ唇の間から言った。「メアリー・ケイト・カルハンだ。僕より二歳年下で、髪はブロンド。彼女なら、たいていのカウボーイを夢中にさせることだってできるよ。父親はうちの牧場の隣の牧場のオーナーなんだ。両方の牧場が合併すれば、とんでもなく広大な帝国ができる。そして、そのために犠牲になるのは僕だけなんだ」

「お相手はメアリー・ケイト・カルハン？」シェルビーはにやにやしながら言った。

「そのとおりさ」ダニーは気弱そうにシェルビーを見て、ため息をついた。「君がなぜここに来たか、なぜ僕たちが婚約したか、やっとわかっただろう？」

「キングはほんとうにそんなことをするの？」シェルビーはまじめな顔で尋ねた。

「もちろんだよ！　両親だってそうだ」

シェルビーはすばやく息を吸いこんだ。「そんなこと信じられない！」

「君にはわからないだろうな。ふだんは正気の人間でも、合併だとか相続だとかを期待すると、どうなってしまうか」ダニーはそう言って、頭を振った。「キングが究極の犠牲になるつもりがないことは、みんなもわかっている——当分の間はね。それに、メアリー・ケイトとはぜったいにいっしょにならないことも。だが、僕は年少だ。僕はおとりの山羊《やぎ》みたいに犠牲になるんだ」

「まあ、かわいそうに」シェルビーは軽やかに笑った。

「君には半分もわかってないな。でも、明日になれば、わかるよ」ダニーはシェルビーを見おろしたが、そのときふと、居間へ通じるドアが閉まっていることに気がついた。彼はドアのほうを見て、もう一度シェルビーに視線を戻した。「どうしてここにいるんだい？」

シェルビーのほっそりした肩が上がったかと思うと、すぐに力なく下がった。「わからない？」彼女は皮肉っぽくきいた。

「キングになにか言われたんだな？」

「ええ、さんざん」

「なんて言われたんだ？」

シェルビーはうつむいて絨毯《じゅうたん》を見つめた。「気にしないで。たいしたことじゃないから」軽い調子で言いながら、愛くるしい目でダニーを見あげた。

「彼は自分の気持ちを隠せないのよ、ダニー。人を嫌いになるのに理由なんかいらないわ。それに、私の母は好感を持たれるような人間ではないし」

「君はお母さんとはまるっきり違うよ」

「キングにはそれがわからないの。私のことなんかぜんぜんわかっていないわ。状況証拠だったら、悪くとることも可能でしょう。それはあなたもよく知っていると思うけど。でも、どっちにしろ、それがどうだというの？　彼は、私があなたたちの住む世界の人間ではないことで腹を立てているのよ」

「シェルビー、僕たちはお高くとまってなんかいないよ、ぜったいに！」

「わかっているわ、ダニー。でも、私たちは別の円の中で動いているのよ。母は裕福よ。だけど、私は違う、そうでしょう？　私の友人は、ほとんどが作家や芸術家や〝風変わりな人間〟ばかりですもの」シェルビーはにっこりした。「私は夜中の一時にコーヒーショップに座って、イーディが十八世紀の詩を朗読する間、輸入物のコーヒーを飲むのが好きなの。たいていはジーンズとスウェットシャツを着ているわ。私は牧場の暮らしが実際どういうものか、わからない——すてきだと思っていることは認めるけれど」

ダニーもにっこりした。「ここでは、君が行くようなパーティがしょっちゅうあるわけじゃないが、僕だってジーンズで出かけるよ」

「あなたのジーンズの値段で」シェルビーがからかうように言った。「私のなら、六本も買えるわ」

ダニーはシェルビーの腰に腕をまわして、いとおしそうに彼女を見つめた。「いやみなやつだな。君はあまりに長い間イーディと行動をともにしてきたからな」

「私とあなたがほんとうに結婚するのでなくてよかったわ」シェルビーはまじめな顔で言った。「だって、あなたのことが大好きなんですもの」

ダニーは顔をしかめた。「君は結婚に対していいイメージを持っていないんだね」

「母の結婚があまりうまくいってなかったから。でも、何回か試して、やっとこつをつかんだみたいね」茶化しているような口調の下には、ひどく傷ついた心が隠されていた。学校へ行けば、ほかの子供たちに〝父親〟が頻繁に変わることで、よくからかわれた。そのとき受けた心の傷は、何年たっても癒《い》えることがなかった。

今夜、そのことでキングに冷たく言われ、シェルビーはいっきに過去へ引き戻された。そして、カクテルパーティの会場で、椅子のうしろに隠れていた寂しい少女時代の自分に戻ったような気がしていた。

「そんなに悲しそうな顔をしないでくれよ」ダニーがやさしく言った。「これからは君をキングと二人きりにはしないよ。そのうち、そういうこともなくなるだろう。それに、僕とメアリー・ケイトのことが片づけば、すぐにみんなにほんとうのことを話すから。それでいいだろう？」

シェルビーはほほえんだ。「ええ、いいわよ」

ダニーはかがんで、そっとシェルビーの額にキスをした。その瞬間、居間のドアが開き、むつまじい静けさが破られた。

「夜中の一時だぞ」冷ややかなキングの声がした。「そういうことは、ベッドでこっそりやったらどうだ？」

ダニーはキングをにらみつけた。「僕たち、いっしょには寝ないんだ」ぶっきらぼうに言った。

キングが片方の眉を上げた。「いっしょに寝ない？」そう言いながら、シェルビーに視線を向けた。「これは驚いたな。モデルというものは社会的因習から解放されているのかと思っていたが」

シェルビーはダニーから離れた。「じゃ、明日の朝に」彼女はダニーに向かって言い、キングのほうは無視したままだった。そんな彼女の姿は、年齢には不釣り合いなほど優雅な威厳をたたえていた。

「おやすみ、ハニー」ダニーが言った。

シェルビーは階段をのぼりながら、キングの視線を感じていた。最上段にたどり着いたとき、廊下から怒声が聞こえてきた。

シェルビーは夜中に何度も目を覚ましたあげく、家政婦のミセス・デントンが朝食の用意ができたと起こしに来るよりもずっと早くに起きてしまった。

「私、お母様が出演している映画は全部見ているんですよ」ふくよかな家政婦は熱意をこめて言いながら、重々しい足取りでゆっくり階段を下りていく。「ほんとうにすてきな女優さんですね」

「ありがとう」シェルビーは家政婦の広い背中に目をやり、つぶやくように答えた。

「有名な女優さんをお母様に持つのは楽しいでしょうね」ミセス・デントンは話し好きらしくおしゃべりを続けながら、シェルビーを先に食堂へ通した。「欲しいものはなんでも買っていただけるでしょうし」

「なんでも」シェルビーはぼんやりと繰り返しながら思い出していた。キャンプでの寂しい休暇、使用人たちと過ごした休日、ケーキもパーティもない誕生日、病気のとき、看護婦に世話をされた子供時代。なぜなら、美しい母は病人のそばにいることはできないから。

目に深い悲しみをたたえたまま、ふとシェルビーが顔を上げると、キングの顔がそこにあった。その顔にはなんの感情も表れていない。シェルビーは足元の地面が崩れるような感覚に襲われた。心臓が激しく打ち、ほっそりした体にそれまで感じたことのない、自分にも理解しようのない感情が走った。

「よく眠れなかったのか？」キングがあてこするように言った。

シェルビーは顔をそむけると、陶磁器の食器がセットしてあるテーブルについたが、できるだけキングから離れたところに座った。

「ぐっすり眠れたわ、おかげさまで」シェルビーはやんわり答えた。

「やれやれ、自分の気持ちを相手に悟られまいとして、周囲に鉄の網を張りめぐらせているというわけか。そいつを通り抜けるには、いったいどうすればいいんだ？」キングは怒りをあらわに、シェルビーの肩を痛いほど強くつかんで、彼女を自分のほうへ向かせた。

キングを見あげたシェルビーの下唇がふるえた。恐ろしさに全身がわななく。キングと視線が合った彼女の目に涙がにじんで、視界がぼやけた。肩に置かれた彼の手に力がこもるのを感じて、パニックに襲われたのだ。

キングに触れられたところが燃えるように熱く、ぞくぞくしてくる。シェルビーの目は無意識のうちに彼の広い胸に引きつけられていた。ブルーのシルクのシャツのボタンがはずれ、日焼けした肌がちらりと見える。薄い生地の下に縮れた黒っぽい胸毛が影のように見え、ぴったりした袖を通して引き締まった腕の筋肉がわかる。たくましい脚がぴったりしたブルーのコーデュロイのズボンで強調されている。外見からは情熱的なところはまったくないような印象を受けるのに、どこか官能的な男らしさがあった。シェルビーはふと、彼はほんとうに見かけどおりの冷たい人間なのかと疑問に思った。それが原因で、愛する女性を失ったのだろうか、と。

「痛いわ、キング」シェルビーはささやくように言い、万力で締めつけられているような力が肩にかかっているのに気がついた。

キングは力をゆるめたものの、手を動かす気配はなかった。「思ったとおりだ」怒ったようにつぶやく。「君の体は陶器のような感触だ。強い風が吹いたら、サンアントニオへ吹き戻されてしまいそうじゃないか」

「太ったモデルは、今年のはやりじゃないのよ」シェルビーは放心したようにつぶやいた。

すると驚いたことに、キングの形のいい口の両端が気づかないほどわずかに上がった。「ほんとうかな？」

シェルビーはキングの目をさぐるように見た。けれども、そこにはなんの感情も読み取れなかった。

「キング……」

キングはふっくらしたシェルビーの唇に視線を落とした。じっと見つめられて、彼女は落ち着かなくなった。「君は化粧をしていないのか」彼はびっくりしたように眉をひそめた。

「お化粧は必要なときにするだけよ」シェルビーは静かに言った。「私……人工的なものは好きじゃないの」

その言葉にキングはさらに驚いたようだったが、そのことについて彼が突っこむ間もなく、廊下から足音と話し声が聞こえてきた。

その直後、ダニーがにやにやしながら現れ、続いてブラント夫妻が部屋に入ってきた。しかし、そのときには、キングとシェルビーは離れて静かに座っていた。

朝食が終わると、ダニーはナプキンをほうり出して言った。「さてと、僕とシェルビーはこれから町へ出て、パレードが始まる前に、いい席を確保することにしよう」

「そうはいかないぞ。だめだな」キングが愉快そうに言った。「みんなでいっしょに行くんじゃないか。

それに、メアリー・ケイト・カルハンも行くはずだったろう?」

「キング、そんなことを言っても……」ダニーが懸命に言い返す。

「ダニー、お祭りにはメアリー・ケイトもいっしょに行くことになっているでしょう」ケイトもにこやかに言った。「それに、メアリー・ケイトはずっとシェルビーに会いたがっていたのよ」

その言葉を聞いて、シェルビーはいやな予感に襲われた。キングだけでなく、嫉妬《しっと》深いライバルをもかわすつもりでいたのに。突発的に偏頭痛にでもなって、すべてを忘れ去ってしまいたかった。

「メキシコ料理のコンテストが楽しめるよ、シェルビー」ジムがコーヒーのカップごしに声をかけた。「テキサスで最高にうまい唐辛子料理が食べられるんだ。口の中の火消し用の水も用意されているくらいだからな!」彼はそう言って笑った。

「ジムも審査員なのよ」ケイトが説明する。「でも、この人にはもう味蕾《みらい》がないの。全部焼きつくされてしまったようよ」

「考えられますね」シェルビーも笑顔で応じた。

「しかし、なによりの楽しみは川下りレースだな」ジムは続けた。「あれほどの数の浮くものが集まるのはここだけだ。救命いかだあり、サーフボードあり、自転車のチューブありで、なんでもある。川下りには、水量が増す前のこの時期が一番いい。最後の直線コースには急流が何箇所かある。水位が高くなると、危険だからね」

「そうですね」シェルビーはまじめな顔で言った。「おばとジョージアに住んでいたことがありますが、休日にはいつも、チャタフーチー川でなにかのレースがありました。私もチューブで下ったことがありますよ。ジョージア北部のチャトゥーガ川で急流を下ったことも。そこはとっても危険な場所でした。

私、川下りはよくやったんですよ」そう言うと、彼女は意味ありげにキングを見やった。

「やれやれ、たいしたものだ」キングがつぶやいた。一瞬、彼の浅黒い顔にまぎれもない驚きの表情が浮かんだのを見て、シェルビーはぞくぞくするような快感を味わった。

「僕だって言いたいことはあるが、やめておくよ」ダニーがキングの言葉をあてこするように言った。「それより、メアリー・ケイトから聞いたけど、昨日、兄さんは彼女の家に行ったそうだな」

「ああ、行ったよ。かわいい子だな、メアリー・ケイトは。それに、たまらなくセクシーだ」キングは言い添えた。

「僕はセクシーな女は好きじゃないよ」ダニーは高尚ぶって言った。

キングは目を細めると、抜け目なく尋ねた。「じゃあ、おまえはシェルビーをセクシーだとは思わないのか？」

ダニーは一瞬、窮地に立たされたように見えたが、すばやく言い返した。「もちろん、セクシーだとは思うよ。でも、メアリー・ケイトみたいじゃないということだ。つまり……その、ちくしょう、キング！」

ケイト・ブラントの深い緑色の目が非難がましく下の息子に向けられた。「お願いだから、朝食の席でそんな耳ざわりな言葉は使わないでちょうだい。消化不良を起こしそうだわ」

「キングはしょっちゅう使ってるじゃないか」

「キングストンにも消化不良にさせられているわ」ケイトが言った。「でも、彼はそれをわかっているの」彼女はキングにもの言いたげな視線を投げた。

キングは母親に向かってにっこりした。そのとき、シェルビーにはキングが別人になったように見えた。いつものいかめしさが影をひそめ、人間的で、そのうえ、危険なほど魅力的でもあった。

「父さんのせいだ」キングは母親に言った。「父さんに教わったんだから」

ジム・ブラントは燃えるような目で息子をにらみつけた。「そのとおりだ！」彼が大声で言うと、みんながどっと笑った。

3

メアリー・ケイト・カルハンはしなやかな杖《つえ》のような細身の体に緑色の目をした女性で、テレビのショー番組の司会者といった印象がある。美人ではないけれど、陽気で、子犬のように人なつっこい。それに、だれにでもすぐに打ち解けるが、シェルビーにはよそよそしかった。自分より若くて、黒髪のシェルビーを一目見た瞬間、メアリー・ケイトの緑色の目はエメラルドのような光を放った。礼儀正しくはあるが、シェルビーに引き合わされたとき、笑顔の下には氷のような冷たさが隠されていた。

「そう、あなたがシェルビーなの」メアリー・ケイトはそう言って、年下のシェルビーを刺すような目で見ながら、相手の欠点をさがし、なにも見つからないと、まなざしはますます冷ややかになった。

「ダニーの話では、モデルなんですってね」

「ええ、そうです」シェルビーは静かに答えた。

「なんのモデルをしているの？」メアリー・ケイトはしつこい。

「服です、たいていは」落ち着いたシェルビーの口調はメアリー・ケイトを勢いづかせたらしい。

「そんなふうには見えないわね、その服装からは」メアリー・ケイトはシェルビーにしかわからない意地悪な口調で言った。

「あら、うれしい」シェルビーはにっこりした。

　その言葉にメアリー・ケイトはきょとんとし、ダニーの顔にはおもしろがっているような笑みが浮かんだ。

「あなたが牧場で暮らすなんて、考えられないわ」メアリー・ケイトは新たな攻撃を開始した。「サンアントニオに住んでいて、夜の生活なんかに慣れているんでしょう。ここは、あなたみたいな都会の人には恐ろしいほど退屈なのよ」

　キングは先に廊下に出て、壁にもたれ、たばこをくゆらせながら、両親が来るのを待っていた。その間、二人の女性のやりとりを無表情な目で見守っている。

「どうして私にはここが退屈だと決めつけるのかしら？」シェルビーは驚いたように目をしばたたいた。

「だって、ここには夜のお楽しみなんてぜんぜんないのよ！」

「私は吸血鬼じゃないわ」シェルビーは穏やかに言った。

　メアリー・ケイトの日焼けした顔が突如上気した。そのとたん、キングが割って入ってきたので、彼女は言葉をのみこんだ。

「そろそろ出かけないと、せっかくのパレードを見逃すぞ」キングが言った。

「まあ、うれしい。私、ここの新しい仲間にダニーを紹介するのを楽しみにしていたの」メアリー・ケイトはかわいらしい声で言うと、まるでこの町は自分のものだとでもいうような調子でダニーの腕をとった。「ダニー、あのガーナーコーチのこと覚えている？　今でもバンドのコーチをしているのよ。それから、覚えているかしら……」次々と話しかけながらダニーを外へ連れ出し、ブラント夫妻の贅沢《ぜいたく》な新型小型車のほうへ向かった。

シェルビーが二人のあとに続こうとすると、いきなりキングに腕をとられて、流線型をした彼の黒いポルシェのほうへ引っ張られた。

「でも、みんなは……ダニー！」シェルビーはしっかりつかまれた手を引き抜こうと抵抗したが、無駄だった。

「ダニーなら、気にしなくていい」キングはそっけなく言うと、助手席のドアを開けてシェルビーを押しこんだ。

「キング……」シェルビーはもう一度逆らったが、キングは隣に乗りこんでエンジンをかけた。

「おとなしく座っていればいい、シェルビー」キングはあくまで冷徹に言った。「父さんがなんと言おうと、あの車に五人も詰めこむのは無理だ。こうして町へ行くぐらい、おたがいに我慢できるだろう？」

シェルビーは膝の上で重ねた両手をじっと見つめた。「ええ、そうね」

「メアリー・ケイトのことをどう思う？」キングはそう尋ねると、両親がもう一台の車に乗りこんで、あとに続くのを待たずに、私道からすべるように車を発進させた。

「すてきな方だわ」シェルビーは落ち着いた口調で言った。「ダニーと同い年くらいかしら？　だいたいのところ」

キングは眉をひそめた。それから値踏みするように目だけを横に動かした。「君はいくつなんだ?」

「二十一よ」

キングは顔をしかめた。「たったの二十一? まったく驚いたな。二十四にはなっていると思ったが!」

「ときどき、倍も年をとっているような気になることがあるの」シェルビーは沈んだ口調で言い、昔のことを思い出して、さらに暗く、悲しそうな目をした。

「二十一といえば、やっと家を離れてもいいくらいの年ごろだ」キングがうなるように言った。

「私が家を離れたのは、十四歳のときだったわ」家を出なければならなくなった理由を思い出して、シェルビーは内心うんざりしてきた。

「十四で?」

「ジョージアにいるおばと暮らすことになったの」シェルビーはつぶやくように言った。「おばの家は山の中で、裏には小川が流れていたわ。しゃくなげやつつじの木がたくさんあって……」彼女はそこでふと自分が話しかけている相手を思い出して、口をつぐんだ。

「続けて。それで?」キングが先をうながす。

「それに鹿《しか》もいたわね」シェルビーは続けた。「よくおばといっしょに、裏口のポーチに座って、鹿が小川で水を飲むのを見ていたわ。角の先が九本もある鹿もいて、十一月のある日、いとこがそれを撃ったの。私、思わず泣いたわ。だって、とても美しかったんですもの」

「君のいとこがかい?」キングが皮肉っぽく言った。

「違うわ。鹿よ!」シェルビーは訂正し、うさんくさそうにキングを見た。笑っているわけではないのに、彼の黒い目はあやしい光を放っている。

「どういう理由で家を出ることになったんだい？」

「それは……ハリウッドが嫌いだったから」

「ほう？　たいていの女の子はハリウッドが大好きなんじゃないのか。しかも、母親が映画スターで、なんでも買ってもらえる裕福な暮らしなら、なおさらだろうに」

「そうでしょうね」シェルビーは硬い口調で言った。

「そのうえ、甘やかしてくれる義理の父親もたくさんいる」キングが言い添えた。

シェルビーは体中にふるえが走るのを感じて、胸の前で腕をかかえるようにした。ふいに顔色が青ざめたのをキングに気づかれないといいけれど……。

「ええ」相変わらず硬い口調だ。「たくさんの義理の父がいたわ」

キングはちらりとシェルビーを見た。「しかし、甘やかしてもらえなかった、というわけか」彼は冷静に推理する。「君が家を出るはめになったのは、その父親たちのせいだったのかな、お嬢さん？」

シェルビーは下唇を噛《か》んだ。「お願い、キング、もうやめて！」

「なんだ、そんなことなら忘れてしまえばいいだろう！」キングは強い口調で叱《しか》りつけると、そのあとはハイウェイへの合流に注意を集中させた。

左右に鋭い視線を配って、スムーズに合流すると、キングは強力なエンジンを積んだスポーツカーのギアを入れ替えて、アクセルを踏みこんだ。

「君を見ていると、はらはらするよ。なんでもかんでも自分の中にかかえこんでしまうだろう」長い沈黙のあとで、キングは言った。「そのうち、潰瘍《かいよう》ができるぞ」

「私の生き方よ」シェルビーはやんわりと言った。

キングの顎がこわばった。「ダニーは君が世間から死ぬほど鞭《むち》打たれているのを黙って見過ごしにしていたのか？」

「私は守られなくても大丈夫よ」シェルビーはかすかに笑みを浮かべた。

「そうかな、ハニー?」ぶっきらぼうな口調だが、シェルビーを見て、一瞬、キングの目が燃えあがった。「君は蝶《ちょう》のようにはかなく見えるよ」

「それほど弱くはないつもりよ」シェルビーは自分がこれまでどんなふうに暮らしてきたかを思い出しながら、つぶやいた。

「それなら、なぜやり返してこないんだ?」

シェルビーはにっこりした。「あなたには太刀打ちできっこないでしょう?」

つかの間、キングの目にいつもとは違う炎が燃えあがった。「ま、君の年齢では無理だろうが」

シェルビーの細い眉が上がった。「あら、あなたがそんなお年だなんて知らなかったわ」

キングはちらっとほほえんだ。形のいい唇の両端がわずかに持ちあがったのをそう言っていいのなら。

「聞けばびっくりするだろう」そう言って、シェルビーにちらりと視線を向けた。「ダニーとはもう日取りを決めたのかい?」

「どうしてそんなことを気にするの? 私たちの結婚は許さないって言ったのに」

「皮肉かい、シェルビー?」キングはにっこりした。

「君にも変化が表れたというわけか」

「皮肉なんて言ってないわ」シェルビーはしげしげとキングを見つめた。彼の顔に深く刻まれたしわの一本一本が見える。「なぜ私とダニーの結婚に反対するの? 私の育ちのせい? それとも私自身が問題なの?」

キングは顔をこわばらせた。「そのことについては、時間のあるときにすっかり話そう。忘れずに催促してくれ」

シェルビーは、婚約なんてまったくの茶番で、ダニーとはいっさいそういった関係にはないと白状してしまいたかった。けれども、そのことは言わないとダニーに約束していた。

「私は母とは違うわ」シェルビーは独り言のようにつぶやいた。キングに聞こえるかどうか、そんなことは考えもしなかった。

　町に入ると、キングはすぐに車高の低い流線型の車を道路から少しはずれた駐車場にとめた。周囲にはパレードに出場するメンバーが準備を整えて待ち受けていた。メキシコ風の衣装をつけたバンド奏者たちはそれぞれの楽器を練習している。道路のあちこちでは、カラフルなスペインの衣装をまとった子供たちが踊っている。通りを行き交う車はすでにのろのろ運転になっていて、あたりはまさにお祭り気分に満ちていた。

　キングはエンジンを切るとシェルビーに向き直った。彼の黒い目がまともに彼女の目をとらえ、しばらくの間じっとそこにとどまっていた。長々と見つめられて、シェルビーは顔を曇らせた。

「君はお母さんとそっくりだな」キングがいきなり言った。「生き写しだ」

「それは外見でしょう」

「外見がすべてだ」キングは平然と言った。

「よくぞそれほどはっきり言ってくださったこと」

　キングはたばこに火をつけると、フロントガラスの向こうに目を向けた。色彩豊かなメキシコ風のそろいの衣装を着た地元の高校生バンドが編隊を組んでいる。その先、道路の向こう側では、ブラント家の白い小型車が駐車場に停車するところだった。

「パレードなんて」キングが腹立たしそうに言った。「まったく時間の無駄だ」

「音楽は好きじゃないの？」シェルビーは好奇心いっぱいのようすできいた。

「軍楽隊かオーケストラならいい。こういう金管楽器に悩まされる心配がないからな。パレードなんかたくさんだ。空港で航空ショーがあるから、僕はそっちへ行くよ」

「航空ショーが？」航空ショーと聞いて、どれほど自分の顔が輝いたか、もともと大きな目がどれほど大きくて明るくなったか、シェルビー自身はまったく気がつかなかった。キングは、初めてシェルビーの美しさに気づいたように彼女に見とれた。

「飛行機が好きだなんて言いだすんじゃないだろうね、シェルビー？」キングは口ごもるように言った。

「父は……あの、実の父はパイロットだったの。私がほんの四歳のころ、よく飛行機に乗せてくれたわ。父はどんな飛び方だってできたのよ」シェルビーは思い出しながら、楽しそうに笑った。「水平にらせんを描く横転飛行のバレルロール、スピン、ダイブ……それなのに、父はアクロバット飛行の免許は持っていなかったの。もしも連邦航空局につかまっていたら……」

キングが顔をしかめた。「なにかあったのかい？」

シェルビーの目からたちまち笑みが消え、窓の外に視線が移った。「父は……母が別の男性といっしょにいるのを見つけたの。二人は口論になって、その晩、父は泥酔したわ。翌朝早く、家に警察が来て、父が飛行機で山に衝突したって知らされたの。父が飛行機に乗っている間、私たちは父がベッドで寝ているものとばかり思っていたわ」彼女はため息をついた。当時を思い出して、胸に刺すような痛みを覚えた。「ずいぶん昔のことよ」

「君はいくつだったんだい？」

「十歳」

「それなのに、今も飛行機が好きなのかい？」

「父は飛行機が大好きだった」シェルビーは膝の上で両手を握り合わせた。「私がずっと慕っていたのは父だけ。とても堂々として、人間的に大きな人だったわ。今でも飛行機に乗るたびに、父のことを思い出すの。飛んでいると、もう一度父といっしょにいるような気がして。私も地上訓練は受けたけれど、飛行訓練の時間がどうしてもとれなくて」

「驚いたな。君のことがわからなくなってきたよ」キングは重々しくつぶやいた。

「あなたは操縦するの？」

「せざるをえないだろう」キングは静かに答えた。「牧場の仕事で、しょっちゅう飛びまわっているよ」

シェルビーはうなずき、キングが手にするたばこから淡いグレーのらせんを描いて立ちのぼる煙をぼんやり眺めた。キングの指が彼女の注意を引いた。美しい男性的な手――日に焼けて、たくましく、指先が角張っている。

「まじめな話、君はパレードを見たいのかい？」ふいにキングがきいた。

シェルビーは首を横に振った。そのとき、心は自分でコントロールできなくなっていた。

「よし、わかった。だったら、こうしよう」キングはエンジンをかけると、ギアをバックに入れた。

キングが道路へ出ようとすると、ダニーとメアリー・ケイト・カルハンが道路を渡ってやってきた。キングは運転席の窓を開けて、ダニーに声をかけた。

「僕たちはこれから航空ショーに行く。昼食には間に合うように戻ってくるよ」

ダニーの両眉が上がり、その目がたしかにきらりと光ったのがシェルビーにはわかった。「いいよ。じゃ、あとで」

メアリー・ケイト・カルハンは若いほうのブラントの腕をしっかりつかまえている。「楽しんできてね！」紅潮した色白の顔に自信たっぷりの気取った表情を浮かべて叫んだ。

キングは返事もせずに車を方向転換させると、空港へ向かう道をスピードを上げて走りだした。「自分でも頭がおかしくなったんじゃないかと思うよ、こんなことをして」

「もし、おじゃまなら……」シェルビーが言いかけたとたん、キングにさえぎられた。

「そんなことは言わないでいい、シェルビー」キングはきっぱり言うと、たばこを吹かしながら顔をしかめた。「君を航空ショーに連れていくからといって、僕の気が変わったわけじゃないんだから、変な気を起こさないでくれ」

シェルビーはため息をついた。「あなたの気が変わるなんて期待もしていないわ。でも、とにかく連れていってもらえるのはうれしいわ。ありがとう」

キングは黙ったままスピードを上げた。表情はたばこの煙にかすんで、シェルビーからはわからなかった。

航空ショーは、なにもかもがシェルビーの期待どおりだった。パイロットが空中を旋回したり、きりもみ降下したりするのを、彼女はあきずに見ていた。長いこと見あげていたので、首の骨が折れそうな気がするほどだった。それほどすべてがすばらしかった。

「私もいっしょに飛びたかったわ！」シェルビーは目を輝かせて、心からうれしそうに言った。

上背のあるキングは目を細めて、シェルビーを見おろし、放心したようにつぶやいた。「君には驚かされっぱなしだ。見かけどおりのおとなしい子羊ではないようだな、シェルビー？　見かけは演技というわけか。ダニーはそのことに気づいてもいないようだ」

「演技？」シェルビーはおうむ返しに言って、キングを見あげた。

「君は情熱的な女性だ」キングは断定するように言った。「目は情熱をたたえ、口は……」彼の視線がシェルビーの口元へ落ち、やわらかな唇の輪郭をたどった。「君は情熱的な面をうまく隠しているつもりだろうが、ちゃんと表に出ているよ」

シェルビーは顔を赤らめて、横を向いた。返事すらしなかった。

「恥ずかしがっているのかい？」そう言いながら、キングはシェルビーに近づいた。二人は空港のエプロンの周囲に張りめぐらされたフェンスのところにいた。「どうしてなんだ？」

「あ、あなたにはそんなこと……」

「僕が親密な関係を口にすると、君はいつも逃げ出す」キングは穏やかな口調で言った。「この前は夜中に逃げ出して、家中を心配させた」

シェルビーはますます顔を赤らめ、こぶしが白くなるほど強く手を握り締めた。「あの晩、あなたが私について言ったこと……あれはほんとうじゃないわ！」彼女はささやくような声で言った。

「君について、なにを言ったのか、僕は覚えていない」キングは率直に認めた。「僕のベッドへ誘ったら、君は〝ノー〟と言った。それで、僕は君を階段のところへ置き去りにしたんだ」

シェルビーはその夜のことを思い出して、思わず目を閉じた。あのとき、キングは彼女を、競売に出された奴隷女を前にしたときみたいに、傲慢《ごうまん》な目つきで値踏みでもするように見たのだ。

シェルビーは、そのときのことをどうしてもダニーには言えなかった。なんといっても、キングはダニーが崇拝する兄なのだ。そうしたイメージを引きはがすようなことはできなかった。けれど、もっとも傷ついたのは次のようなキングの言葉だった。

〝君の母親なら、いやだとは言わなかっただろうな〟そう皮肉たっぷりになじったのだ。〝そんな清純そうなふるまいで僕をだまそうとしても、そうはいかないぞ、シェルビー。これまで何回も自由にやってきたはずなのに、どうして僕に対してはノーなんだ？〟

それでも、シェルビーはキングを拒みとおした。あの冷血な、触れることすらなく行われた誘惑でどれほど傷ついたことか、彼には少しもわかっていない。そのことで、シェルビーは今でも彼を憎むことができる。

二人の間に緊迫した沈黙が流れた。「あの晩、君の身になにがあってもおかしくなかった。真夜中過ぎにたった一人でハイウェイを歩くことだけでも、じゅうぶん危険だ」キングの声は、シェルビーが聞いたことのないものだった。「まったくとんでもないことをしてくれたものだ。どうしてそんなにおろかになれるんだ、シェルビー？」

「ただあなたから離れたかっただけよ」シェルビーは低い声でつぶやいた。「あの晩、あなたから逃げたいばかりに、歩きとおしたの」

キングの顔を影がよぎったが、言葉はなかった。彼は半分ほど吸ったたばこを地面に投げ捨て、ブーツで踏みにじった。「もうじゅうぶんだ。さあ、行こう」

シェルビーはキングのあとから車へ戻り、隣へ座った。二人の間にほんの短い間にせよ、たしかに存在していた仲間意識はふたたび消えていた。今度は、たぶん、永遠に消えたままだろう。

4

シェルビーは昼食のとき、ダニーの隣の席についた。そびえるような樫《かし》の木から垂れさがる顎ひげのようなスパニッシュモスの下でのバーベキューだ。ジムとケイトのブラント夫妻がいるもう一つのテーブルから、メアリー・ケイト・カルハンがシェルビーのほうへ悪意に満ちた視線を送ってくる。

「君は楽しんでいないみたいだね」ダニーがやさしく言った。「またキングがいじめを始めたのかい？」

「キングがやめたことなんてあったかしら？」シェルビーは軽く笑った。「どういう具合でいっしょに航空ショーに行ったのか、どうして誘われたのか、さっぱりわからないの。私たち、ソーダ水とお酢みたいなのに……」

「火と風かな？」ダニーがからかった。緑色の目でさぐるようにシェルビーの目を見つめる。「チャンスを与えてやれよ、シェルビー」

シェルビーは顔をしかめた。「チャンスって、なんのチャンス？」

ダニーはなんとなくばつが悪そうな顔をして、すばやく話題を変えた。「航空ショーは楽しかったのかい？」

「ええ、楽しかったわ、だいたいは。あの……ダニー？」

「お願いだから、僕をいとおしそうに見てくれないか」向こうのテーブルにすばやく視線を投げながら、ダニーは懇願するように言った。「メアリー・ケイトがいやに気を引くようなそぶりをするんだ。僕を犠牲者にしないでほしいよ！」

「まあ、おかしな人ね」シェルビーは声をたてて笑うと、ダニーの腕に手を置いた。「ダニー、私、あなたが好きよ」

ダニーはにやりとした。「僕だって君が好きだよ。キングを怒らせないでくれないかな。前より君と親しくなろうとしているようだし」

「二年前にもそう言ったわ、あなた。でも、彼、今でも変わっていないのよ」

「もっと親しくなれるよ」

シェルビーの目が曇った。「親しくなんか、なりたくないわ」

「キングがこわいのかい?」

シェルビーは顔を上げた。「ええ、とってもこわいわ!」素直に認めた。「ダニー、二度と私をキングと二人だけにしないでね。お願いよ」

「そう努力しているんだが、メアリー・ケイトが放してくれなくて……」ダニーが笑いながら言った。

「君たち、川下りレースを見逃すぞ」キングが缶ビールを手に、二人のところにやってきた。

「見逃してなるものか、そうだろう?」ダニーはくすくす笑いながら、みんなのごみを拾って、近くのごみ箱へ捨てに行った。あとにはシェルビーとキングが取り残された。

「私はチューブでなにをすればいいのかしら?」シェルビーは気軽に声をかけた。

「そんなことは忘れてしまえ」キングは吐き捨てるように言った。顎がこわばっている。「君がなにを証明するつもりなのかは知らないが、そんなことのために川で死なせるわけにはいかないね」

「でも、キング……」

「その完璧《かんぺき》な肌にすり傷でも作ったら、仕事に差し支えるんじゃないのかい?」キングは鋭いところを突いた。

シェルビーはサンダルをはいた足元を怒ったように見おろした。「そんなことをしたら、私よりもほかの人たちに迷惑をかけることになるわ」彼女ははっきりと言った。「私はガラスでできているわけじゃないの。すり傷ぐらい、どうってことないわ」

「いい心がけだな、ハニー」キングは冷ややかな笑みを浮かべた。「しかし、僕はそれほど鈍くはない。そんな芝居はダニーを相手にしたらどうだ。あの若さなら、真に受けるだろうから」

シェルビーは言い返そうとしたが、思いとどまった。そんなことをして、なんになるだろう？　なにを言っても、私に対する考えを変えるような相手ではない。シェルビーはごみ捨てから戻ってきたダニーのほうを向いて、彼の腕に自分の腕をすべりこませた。ダニーは笑顔でシェルビーを見つめた。

「まだ川に入りたいのかい？」ダニーがからかうようにきいた。

「彼女はレースには出ない」キングはダニーの目をしっかり見つめて、きっぱり言った。「あんなものは危険すぎる」

「シェルビーに言ってくれよ。僕じゃなくて」ダニーは声をあげて笑った。「僕はそんな命知らずじゃないんだから。兄さんはそうだけどね」彼はキングのほうへ親指を突き出しながら、シェルビーに言った。「いっしょにカヌーに乗ったら、死ぬほどこわい思いをさせられるよ」

「さあ、どうだか」キングはじっとシェルビーのようすをうかがいながら、やっと聞き取れるほどの声で言った。

「ねえ、ダニー！」メアリー・ケイトがやってきてダニーの腕をとった。シェルビーは黙ってそうさせておいた。「いっしょに二人三脚に出ましょうよ。私、パートナーがいないの」その言葉はまるで絶対命令のように聞こえる。

ダニーはすまなそうにシェルビーを見た。「いいかな？」シェルビーが返事をする間もなく、メアリー・ケイトはもうダニーを引っ張っている。

「君たちは婚約していると思っていたが、違ったかい？」キングはいかにもおもしろがっているように目を輝かせて、つぶやいた。それから、ビールを飲みほすと、空になった缶をそばのごみ箱へほうりこんだ。

シェルビーは体のうしろで両手を握り締めて、遠ざかるカップルを見つめた。自分を守ってくれる唯一のよりどころであるダニーが誘拐でもされるように引っ張られていく。シェルビーは複雑な笑顔で見送った。「わがままなメアリー・ケイト・カルハンね」小声でつぶやいた。「これはあなたが仕組んだことなのね、キング？」

「ああ、そうだ」キングは恥ずかしげもなく認めた。

「なにしろ、メアリー・ケイトには提供するものがあるからね」

「ほんとうにそうね」シェルビーは素直に同意した。

「一万六千エーカーの牧場、たくさんの純血種のサンタ・ガートルーディス種の牛、石油の権利、三つの不動産会社。それにひきかえ、私が提供できるものといえば……」沈んだ口調になった。「平凡な生まれと、せいぜい三十歳くらいで終わりになるキャリア、それに悪名高い母親だけですもの」そう言うと、シェルビーはキングに背を向けた。まるでほんとうにダニーと結婚の約束をしていたような気になって、なんだか骨の髄まで傷ついた気分だった。

「シェルビー」キングの静かな声がした。

シェルビーは立ちどまったが、振り向きはしなかった。

「彼女はダニーを愛している」キングの声が静かに響いた。「しかし、君は違う。結婚を真剣に考えるという意味では、弟を愛していない」

キングはほんとうにそこまで深く理解しているのかしら？にわかには信じられない。シェルビーはぐっと息を吸った。「どうして私の気持ちがわかるの?」

「ゆうべ、居間から廊下へ出たとき、あいつは君の額にキスをしていた。あれを見れば、僕が知りたかったことは全部わかるさ」

シェルビーが振り向くと、キングが真剣なまなざしで彼女を見つめていた。「どういうことかしら?」

「もし君と婚約しているのが僕なら、額にお上品なキスをするなんてことはしないね、シェルビー」緊張したような口調だ。「唇を奪って、君にやめないでと言わせてみせる。それに、寝室を別にするようなこともしないよ、断じて」

シェルビーは顔を赤らめたが、目はキングに注いだまま言った。「ずいぶんうぬぼれているのね」声がふるえる。

「僕は〝もし〟と言ったんだよ、ハニー」キングの声はあくまでも冷静だった。「僕なら、君を油井で釣ろうなんてことはしないよ」

シェルビーはキングに背を向けた。

「逃げ出すのかい?」キングがなじった。「今度はどこへだ?」

「チューブをとりに行くのよ」シェルビーは歯をくいしばって言った。

「だめだ。とんでもない。やめろ!」キングは噛《か》みつくように言った。そして前に進み出ると、シェルビーの腕を力まかせにつかんで、自分のほうを向かせた。向き合ったシェルビーの顔には若々しい反抗心が浮かんでいる。

「放して」シェルビーはきっぱりと言った。「あなたは私の保護者じゃないのよ!」

キングは目を細めて、彼女をさぐるように見た。

「神経にさわったかな、ハニー?」

「そんな呼び方はやめてちょうだい」シェルビーはキングに腕をつかまれたまま、体をこわばらせて、目をそらした。「安っぽい女みたいな言い方だわ」

「違うのかい？」

「もう私のことはほうっておいて」シェルビーはとぎれとぎれに訴えた。そして自分の細い手首を包みこんでいる日焼けした手を見て、目を閉じた。「お願い、キング、どうしてほうっておいてくれないの？　簡単なことでしょう？」

「僕だってそうしたいさ、できれば」キングは不可解なうなり声をあげた。その直後、シェルビーの手首を放した。「君は僕といっしょにいるんだ、シェルビー。ぜったい川には近づかせないからな」

「私に負けるのがこわいの？」シェルビーはあざけるように言い、キングのほうにちらちら射るような視線を向けた。彼はシェルビーのかたわらを歩調を合わせるようにしてついてくる。

自分を見おろすキングの黒い目に浮かんでいるのがどういう感情の表れなのか、シェルビーには読み取れなかった。「そうかもしれない」彼は静かに言った。

翌朝、シェルビーが朝食のテーブルに向かったとき、ダニーもほかの家族もまだ階下に下りてきていなかった。キングは読んでいた朝刊をたたみ、コーヒーを飲みほして、おかわりのためにコーヒーポットに手を伸ばしたところだった。

キングが顔を上げると、シェルビーは戸口で立ちすくんだ。

「戻ろうとしてもだめだよ」キングの口調はやさしかった。「もう遅い」

シェルビーはしかたなくテーブルへ向かうと、用心深く座った。その間もキングに見つめられて、体中の筋肉がこわばっているのが自分でもわかった。白いブラウスとスラックスという装いは、シェルビーの黒髪を際だたせている。

今朝のキングは仕事着姿だが、そのブルーデニムは高価らしいが実用的でもあるのが一目でわかる。シャツの前は半分ほど開いていて、ブロンズ色の胸は、すでに暑い外で過ごしてきたかのように湿っていた。

「ダニーはまだ起きてこないのかい？」キングは気楽に声をかけた。

「さあ、どうかしら」シェルビーは小声でつぶやきながら、キングがついでくれたコーヒーカップに手を伸ばした。陶磁器のカップとソーサーを受け取った彼女の口元にいたずらっぽい笑みが浮かんだ。

「メアリー・ケイト・カルハンに吸い取られた元気を回復しているところでしょう、きっと」

キングの笑い声が聞こえた。めったにないことで、シェルビーはいったいどういう風の吹きまわしかと顔を上げた。するとキングと視線が合った。

「おそらく、そんなところだろうな」キングはコーヒーを飲みほした。「これから牛に焼き印を押す仕事に取りかかるが、見たければ、ついてくればいい。どうする、都会のお嬢さん？」

シェルビーはぽかんとキングを見つめた。「いいの？」信じられないというようにきき返す。

「ただし、そんな格好ではだめだ」キングはシェルビーの白い服を見て、顔をしかめた。「ジーンズと厚地の靴下、ブーツ、それから汚れのめだたないブラウスにしたほうがいい。それから」そこでいったん言葉を切って、続けた。「ダニーの許可がいるな。もらえればの話だが」

「ダニーが気にするはずがないわ」シェルビーは深く考えずに言った。

「僕なら、気にするよ。もし君が僕のものなら」キングははっきり言った。「すごく気になる」

「あなたはダニーじゃないのよ」シェルビーはやんわり言い返した。「本気でそう言ってくれているのなら、これから着替えてくるわ」

キングは幅広の革製バンドにおさまった腕時計にちらりと目をやった。「あと二十分だけ待とう。それが過ぎたら、待たずに行くからな」

「わかったわ。それまでに支度してきます」シェルビーは約束し、三十キロも歩いたあとの運動選手のように旺盛《おうせい》な食欲ぶりで朝食をすませた。

着古したジーンズと黄色いタンクトップをしっかり身につけ、化粧っ気なしの顔に目をきらきら輝かせて、シェルビーは家畜囲いのところでキングと落ち合った。

シェルビーを見て、キングが顔をしかめた。「それじゃ、まるでカウガールだな。それに、今日も化粧なしか。僕が化粧をよしとしないからか？　それとも、君自身そのほうがいいからなのか？」

シェルビーは目を伏せた。「私にはあなたの気を引こうとする理由なんてなにもないのよ、キング。それに、たとえそうだとしても、うわべを飾るのは好きじゃないわ」

「それは驚きだ。たいしたお言葉じゃないか！」キングはくすくす笑った。

「前にも言ったはずよ。人工的なものは好きじゃないって」シェルビーはそう言いながら、キングについて、彼が鞍《くら》をつけておいてくれた馬のほうへ向かった。アパルーサ種の雌の子馬だ。

「僕も嫌いだよ、ハニー。しかし、化粧をしないというだけじゃ、僕の信頼を勝ち取ることはできないな。それ以上のことをしてくれないと」

「どうしてそんなに心配するの？」シェルビーは冷静にきいた。「あなたは最悪の事態が起きるのを楽しみにしているのね」

キングは片方の眉を上げて、シェルビーを見おろした。そして子馬の手綱を鞍の前部に持ちあげた。

「これがうまくやれたら、僕の考えが変わるかもしれないな」彼は低く響く声で言った。その声に、シェルビーの背筋にふるえが走った。

シェルビーはキングを見つめた。彼のくぼんだ黒い目に出合うと、体のふるえに連動するかのように、心臓が激しく打った。

「そんなに動転しなくてもいいだろう」キングはやさしく言いながら、頑固さを秘めた口元にうっすらと笑みを浮かべた。「なにも危ないことはない――今のところは」

キングはシェルビーを子馬に乗せ、自分も黒い雄馬に優雅な動作でまたがると、手綱をとって並んで駒《こま》を進めた。シェルビーはまだまともにキングを見ることができなかった。さっき彼が見せた不可解なまなざしのせいで、勇気が萎《な》えてしまったようだった。

「その帽子は?」しばらくしてキングがきいた。一瞬、キングの視線はシェルビーの黒檀《こくたん》のような髪のてっぺんに粋《いき》な格好でのっている茶色のスエードの帽子にとまった。

「あなたのお母様が貸してくださったの」そう言うと、シェルビーはちらりとキングを見た。「家畜を駆り集めたりするのはみんな牧場管理人の仕事かと思っていたわ」彼女はあたりさわりのない話題を見つけようと必死だった。

「父も僕もいないときは、ジム・デイトンが取り仕切ることになっている」キングは目を細めて、遠くで草を食《は》む牛を見ながら言った。「それと、純粋種の家畜の世話専用に、一人雇っている」

「それだけのために一人雇っているの?」シェルビーは感心したように言った。

キングはシェルビーを見やり、いかめしい口元にうっすらと笑みを浮かべた。「君は家畜に関してはそれほどくわしくなさそうだな。うちが所有する種つけ用の雄牛はどのくらいの値打ちがあると思う？　サンタ・ガートルーディス種だ」

シェルビーは目をしばたたいた。「そうね、だいたい、最低でも千ドルくらいかしら」

「二十五万というところだな」

「ドルっていうこと？」シェルビーはびっくりして息がつまるような声を出した。

「ああ、ドルでだ。うちの分は六十二パーセントで、ブラウンランド農場が残りの三十八パーセントを所有している」

シェルビーは深々とため息をついた。「すごいのね。一頭の牛にそんな金額の値打ちがあるなんて思ってもみなかったわ」

「あの雄牛は特別なんだ。六頭のチャンピオン牛を出している。このあたりのいくつかの郡の牧場が集まった種牛の品評会で手に入れたものだ」キングはシェルビーにちらっと視線を向けた。「君もそれについては知っていると思うが」

「テキサスを知っている人間なら、だれでも知っているわ。たとえ牛のことは知らなくても」シェルビーは同意した。

「そのうち牛のこともわかるようになるよ。もう牧場が好きになったらしいからね。そうだろう、都会のお嬢さん？」

シェルビーはうなずきながら、なだらかに広がる田園に目をやった。長い地平線に木々の影が並んでいる。「ここはとっても穏やかで平和な場所ね」

「そう、そのとおり。それに広々としている。どこまでも思いのまま歩きまわれるのがいい」キングは言った。

「でも、たまには町で過ごすこともあるのでしょう？」

「必要があるから、そうしている。ここは会社組織になっていて、個人経営の牧場ではない。ほかにも石油関係や不動産の事業をいくつか手がけている……僕はカウボーイというより実業家といえるだろうな」

「でも、家畜を扱うほうが好きなのね」

「それはそうだ。たいていの人間より家畜のほうが好きだ」キングは皮肉っぽく笑いながら言った。

「そんなこと、わざわざ言ってくれなくてもわかっているわ」シェルビーは冷静に言うと、手綱を引いて馬を進めようとした。

キングはくつわをつかんで、シェルビーの乗っている馬をいきなりとめた。そして彼女の目をじっと見つめた。「君のことを言ったんじゃない。僕を毛嫌いするのはやめてくれないか、シェルビー。君をばかにしているわけではないんだから」

シェルビーはさっと顔を赤らめた。「でも、たいていはそうでしょう」

キングは顔をしかめた。「僕が？」そう尋ねる口調は、心から不思議がっているように聞こえた。

「あなたが私を嫌っていることはわかってるわ」シェルビーは革のおおいがついた鞍の前部を必死につかんだ。「それに、私がダニーとは釣り合わないと思っていることも。でも、あなたにそんなことが……」

「ちょっと待て」キングはぞっとするような声で言った。「君が僕の弟にふさわしくないと思っているなんて、いったいだれが言った？」

「私に対するあなたの態度を見れば……」

「たしかに、君が弟と結婚するのは望んでいない。それは認める。しかし、そのことは君の経歴や育ちとはなんの関係もない。君はダニーとは違う世界の人間だ。好み一つにしても弟とは違う。今度だって、いい例だ。ダニーは川には近寄ろうともしないのに、君は急流下りが好きだという。あいつは向こう見ずに見えるだけだが、君はほんとうに向こう見ずだ。

君は危険を冒してまで、なにかをやってみるのが好きだ。今それがわかったよ。君がどこかの山をハンググライダーで降下している間、ダニーなら家に帰ってテレビを見ているだろう。おたがいに好意を抱いているという以外、君たちにはまったく共通点がない。いいかい、シェルビー、ダニーは子供だって好きじゃないんだ。そのことについて考えたことはあるのか？」

「いいえ」シェルビーは正直に答えた。ダニーとはほんとうに結婚するわけではないのだから、彼が子供好きでなくても、なんの問題もない。

「君は子供を欲しいと思っているのか？」キングが尋ねた。

シェルビーはキングの顔を見つめた。すると言葉がすらすらと出てきた。「ええ、欲しいわ」その答えを聞いたキングの目に、なにかはわからないが、強い意志のようなものが浮かんだ。「あなたは？」自分でも知らないうちに、シェルビーも質問していた。

キングはまじめな顔でうなずいた。そしてシェルビーをゆっくりと、値踏みするように眺めまわした。

「君の体は出産向きではないな」

「だからといって、私に赤ちゃんが授からないということにはならないわ」

「それはそうだ」キングは同意した。「急流を恐れない女性は、出産だって恐れないだろう。しかし、君は牧場で暮らすつもりはあるのかい？　ここはずいぶん寂しい土地だ。ナイトクラブもブティックもないぞ」

「私にそんなものが必要なの？」シェルビーは心外だというような口調できいた。

「当然じゃないかな。君はモデルなんだし」

「ええ、そう」シェルビーは、なにを今さら、というように同意した。「ファッションモデルをしているわ」

キングは顔をしかめただけで、それ以上の追及はしなかった。「さて、先へ進むとしよう。今日はまだやることが山ほどあるから」

キングはシェルビーを急がせて家畜の柵《さく》囲いの周囲をまわった。囲いの中では、牛に焼き印を押したり、専門家による入念な検査が行われたりしていた。そこまで来ると、キングは急にシェルビーをせきたてた。突然、土埃《つちぼこり》と炎暑と牛のわめき声と皮の焼けるにおいの中へ迷いこんでしまったような感じになった。キングは牛の世話をするようすをひととおり見せると、シェルビーを母屋へ連れ戻り、一言も声をかけずに、また出ていった。

シェルビーはそのあと、午後はずっとブラント夫妻と過ごした。ダニーは一日中メアリー・ケイト・カルハンとどこかへ出かけたままだったが、シェルビーはそのことを気にしているそぶりを見せないようにふるまっていた。不思議なのは、ダニーが、メアリー・ケイトに追いまわされていることや、自分がシェルビーに心から関心を抱いてはいないことをわざわざ見せつけるようなまねをなぜするのか、ということだ。そもそも偽装婚約は彼が言いだしたというのに。今となっては、ダニーがそのときに持ち出した理由すら理解できなくなっていた。

キングも同じように思っているらしかった。夕食のとき、ダニーがカルハン一家と夕食をとっていると聞かされると、キングはシェルビーに刺すような一瞥《いちべつ》を投げ、ナプキンをほうり出すと、そのまま食堂から出ていってしまった。

その夜、シェルビーはいつまでたっても寝つけなかった。神経がすっかり高ぶっていた。むきだしになった神経がひりひりするような気分だった。

原因はキング、彼に惹《ひ》かれているためだ。これまでも彼の肉体的魅力には気がついていた。けれど、なんとかして自分の気持ちをごまかしてきた。ところが日がたつにつれ、それを表に出さないでいるのができなくなっていた。キングがそばにいると、もうだめだった。昨日の航空ショー、それから今朝思いがけず彼と過ごせた喜びは、想像もしていなかった幸福感をもたらしてくれた。キングに見つめられるだけで、鼓動は激しくなる。しかしまた反対に、彼のそばにいると、信じられないほどほっとできるのも事実だった。確実に保護されているという安心感に包まれるのだ。

シェルビーはため息をついて寝返りを打った。それにしても、どうしてキングにはこのような感情を抱かないではいられないのだろう？　どうしてダニーにはそういう気持ちになれないのだろう？キングは私のことなどみじんも欲していない。それはたしかだと思う。彼が望むのは、私が弟の人生からいなくなり、そのかわりにメアリー・ケイトがおさまること。家畜と石油を所有するメアリー・ケイトになら、キングと父親に今以上に大きな富と、それを残してやれる跡継ぎをもたらすことも期待できるのだ。

シェルビーは糊《のり》のきいた清潔なカバーに入った枕《まくら》をぽんぽんとたたいて、いらだたしげにわきへほうり投げた。私も田舎に生まれてくればよかったのに。田舎生まれなら、キングだって、私のことを我慢するくらいのことはしてくれるだろう。でも、実際は〝都会の女〟で、キングはそのことを決して忘れようとはしないのだ。

満たされぬ思いでうめき声をあげると、シェルビーは勢いよく足を床に投げ出してベッドを出た。ワインレッドの部屋着をはおり、ベッドわきの小さな電灯をつけて、あくびをした。もう眠くなかったし、無理に眠ろうという気にもならなかった。本でも読めば……。

シェルビーは壁についている電球の弱い光をたよりに、注意深く階段を下りて書斎へ入っていった。裸足《はだし》なので、厚い絨毯《じゅうたん》の上では音一つたたない。不要な音がしないように、ドアも少し開けておいた。

並んだ本の背表紙がデスクランプのほのかな光に照らされている。シェルビーはほっそりした手で本の列に触れていった。しかし、フィクションの棚には興味を引くものが見あたらなかった。ノンフィクションのほうへ移動すると、西部の歴史に関する本があった。そっと引っ張り出して、ぱらぱらとめくってみる。ジョン・ヘンリー・〝ドク〟・ホリディやコール・ヤンガーといった悪名高い西部の男たちの写真に目が引きつけられる。夢中になって読んでいるうちに、ふと、うなじのあたりに刺すような感覚を覚えた。振り向いて、シェルビーは息をのんだ。ドアの内側にキングが立って、こちらをにらみつけている。

シャツのボタンははずれ、裾《すそ》はズボンからはみだし、むきだしになった赤銅色の筋骨隆々たる胸を縮れ毛がくさび形に縁取っている。髪はかきむしってでもいたようにくしゃくしゃだ。その姿はぞくぞくするほど男らしい。いささか危険という以上のなにかを感じさせた。

「あ、あの……お宅の銀器を盗もうとしているわけじゃないわ。もし、そういうことを心配しているなら」シェルビーは口ごもりながら言った。どぎまぎしているのが声に出て、いやになる。

「眠れなかったのかい、ハニー？」キングが静かに尋ねた。

シェルビーは乾いた唇を湿した。「ええ」素直に認めた。「しばらく本でも読もうと思って」

キングはドアから離れると、シェルビーのほうへ近づいた。顔色は曇り、表情はこわばっている。シェルビーのすぐそばまで来ると立ちどまり、サテンの部屋着の下で激しく上下する彼女の胸や喉元の動きにじっと目を注いだ。

「も、もう……ベッドへ戻ったほうがよさそうだわ」シェルビーはやっと聞こえるくらいの声でつぶやいた。

　キングの視線はシェルビーのほっそりした体をなぞるように下へ移動し、部屋着の胸元の合わせ目あたりにとどまった。

「眠るために本を読もうと考えたんだね？」キングが尋ねる。

　こんなに彼の近くにいては、どんな声が出てしまうかわからない。シェルビーは黙ったまま、うなずいた。

　キングは手を伸ばして、シェルビーの力ない手から本をとった。そして、かすかな笑みを浮かべながら、気のなさそうにタイトルを見ると、そのまま机に戻し、その手でシェルビーのウエストをつかんだ。

「読書よりずっと早く君が眠れるようなことを思いついたよ」キングは誘うように言いながら、シェルビーをそっと自分のほうへ引き寄せ、彼女の細い体がよろよろと傾いて自分の体に触れるのをじっと見守った。

　思ってもみなかったキングのふるまいに、シェルビーは息をのんだ。自分のウエストにあてがわれた彼の手。彼女を自分のものだと主張しているようなその手の感触。重なった布を通しても、燃えるようだ。

「お願い、やめて……」シェルビーは懇願するように小声で言った。

　キングの息づかいもシェルビーと同じように速くなっている。彼は開いた口をシェルビーの額にそっと触れた。「両手で僕の胸をさすってほしい、シェルビー」キングはかすれた声でささやいた。

　シェルビーは女学生のように赤くなった。そして、キングのひんやりするシャツに触れている手を握り締めた。「いや！」

「そんな声を出して、バージンが暴行されかかっているみたいに聞こえるぞ」キングはくぐもった声で言った。「君がバージンでないことは、おたがいに承知しているのに」

「あなたは私のことなんかなにもわかってないわ」シェルビーは怒りでむせびそうになりながら、岩のように硬いキングの胸を必死になって押した。

「自分のしていることはわかっているよ」キングの両手がシェルビーのウエストや背中を部屋着の上から愛撫《あいぶ》するように動く。「僕にはわかる。ちょうど昨日の午後のように。今朝だって、そうだった。僕のせいで、君はいても立ってもいられない気持ちなんじゃないのか、ハニー？」

シェルビーはうつむいた。心臓は早鐘のように打っている。「やめて」

キングは軽やかに笑った。「なにを恐れている？　ダニーを裏切ることかい？　あいつは二日続けてメアリー・ケイトと出かけたとき、君を裏切ることなんか気にかけていなかったんじゃないのか？」

「彼は友情から……」シェルビーは弱々しく言い返した。

「友情というわけか」キングはシェルビーの顎を持ちあげて顔を起こすと、その閉じたまぶたに自分の唇でかすめるように触れた。「しかし、ダニーに知られたくないのなら、言わなければいい」彼の両手が移動して、赤く染まったシェルビーの若々しい顔を包みこんだ。キングがかがみこむと、避けようもなく、彼女の唇にたばこの香りがする温かい息がかかった。「悪いようにはしないよ、シェルビー」キングは訴えかけるようにささやいた。

そして唇を重ねると、シェルビーの唇をやさしく、時間をかけてたっぷり愛撫した。その温かな唇の微妙な動きを、彼女は一つ一つ確実に感じ取った。さらにキングの舌はシェルビーの口の内側をたどる。彼女は体をふるわせた。キングもそのふるえを感じた。それをシェルビーは彼の唇のかすかな動きでとらえた。

　キングは子供ではない。シェルビーのためらいを、その動きから正確に読み取った。彼は決して急がず、やさしく、巧みに要求した。こんなキスをされたことがあっただろうか、とシェルビーは思った。こちらの意志を吸い取られるようなキス、相手の言いなりになってしまいそうなキス、心臓がふるえて喉までせりあがってくるようなキス。シェルビーはほっそりした両手でキングのたくましい胸をそっと撫《な》で、無意識のうちにうめき声をあげた。

　キングのごつごつした冷たい手がシェルビーの顔を離れて背中を下へたどり、ヒップでとまった。そのまま彼女の体を自分のほうへ引き寄せる。シェルビーは本能的に身をこわばらせて、体を引こうとした。彼に近づきすぎるのを避けたかった。

　キングは一瞬たじろいだように身を引き、顔を曇らせて、叱責《しつせき》するような、問いかけるような表情を浮かべた。さらに傷ついたように、シェルビーを見おろした。そしてふたたび身をかがめ、今度は彼女の唇を無理やりこじ開けた。するとまたもやシェルビーはひるみ、逃げるように体を離した。キングの引き締まった手が上がり、シェルビーの形のいい胸の上をさまよう。二人の間にはぜったいに起きてほしくなかった親密な関係が新たに始まりそうな予感に、シェルビーの心臓は体から飛び出そうとしていた。

　シェルビーの気づかうようなまなざしがキングの視線と合い、彼はまばたきをすると、両手を彼女の豊かなショートヘアに差し入れ、顔をあおむかせた。キングの目は暗く、不思議な光をたたえ、顔は石のように無表情で、ただシェルビーを見つめた。

「シェルビー」キングは息をはずませてささやくと、小刻みにふるえる彼女のふっくらした唇に視線を落とした。親指がじわじわとシェルビーのほてった頬に向かって移動する。「こわがらなくてもいい」キングがやさしく言う。「無理強いするつもりはないから」

シェルビーの目が当惑したように問いかける。

「ああ、わかっている」キングはそう言うと、シェルビーの顔をまじまじと見つめた。「僕だって、女性がわからないほど、付き合いがなかったわけじゃない。君はなんて純真なんだ。君みたいにかわいい人はたくさんの男と付き合ってきたのかと思っていたのに、そうではないと知って、驚いているよ。だが、今まで、僕に対しては打ち解けてくれなかったね」

シェルビーははだけたシャツからのぞくキングの胸に目をとめた。ええ、今の今まで、あなたと親密になりたいと思ったことなんてなかったわ。そう言ってもよかった。このたくましい胸に指を這《は》わせ、キングがしたように、自分も彼の唇を味わいたかった。キングのものなら自分のものにしたかったし、キングとなら、いっしょにいたかった。そんなことは、これまでだれに対しても思ったことなどなかったのに。今、シェルビーはそういう自分の気持ちに気づきはじめていた。

「私、言おうとしていたの……」シェルビーは口ごもった。

「言葉より行動のほうが雄弁だよ」キングはそう言うと、手を伸ばしてシェルビーのふるえる冷たい手をとり、燃えるように熱い自分の胸に押しあてた。「気持ちがいいな、こうして女性に触れてもらうのは」彼はシェルビーの額に向かって言った。

シェルビーの手はキングの執拗《しつよう》な指の下でふるえ

ていた。そして彼女は、自分たちしかいないこの薄暗い部屋で、彼になにを要求されるのか、そのことを恐れていた。彼の要求に自分がどう答え、どう応じてしまうかと思うと、恐ろしかった。

「キング」シェルビーは気力を振り絞って哀願するように言った。「私、婚約しているのよ……」

「ダニーは君ほど気にかけていないよ。気にかけているなら、なぜ一日中メアリー・ケイトといっしょにいるんだ？」キングはぶっきらぼうに言った。「君が今朝、僕と過ごしたのはなぜなんだ？　そんな話はやめよう、シェルビー。僕は君と愛を交わしたいんだ」

　シェルビーが顔を上げて拒絶しようと開いた口に、キングは自分の唇を重ねると、力を加えながら、彼女の口をさらに押し開いた。そしてシェルビーの体がこわばるのを感じると、いったん力をゆるめ、彼女の緊張が解けたと思うと、ふたたび強く押しあてた。シェルビーは両手をキングの胸にあて、男らしさをいとおしむように愛撫し、そのぬくもりがかきたてる心地よい興奮にひたった。こんなことはやめさせなければ。もうベッドへ戻らなければ。そう自分に言い聞かせながらも、キングといっしょにいると、このままずっと彼に触れ、彼を感じていたいという思いを断ち切ることができなかった。

「君はなんてやわらかいんだ」キングはシェルビーのふるえる口元にささやきかけた。「それに温かい。手に触れる感じがなんとも言えないほどすてきだ。絹のようになめらかな唇の感触もすばらしいよ。肌に触れる感じも最高だ。ああ、シェルビー、君が欲しい！」

　シェルビーは湿り気をおびたキングの胸に額を押しつけ、わきあがる畏怖《いふ》の念に駆られて唇が激しくふるえるのを感じながら、なんとかして息をつこうとした。「だ、だめ、私にはできないわ」ふるえる声でささやいた。

「なぜなんだ？　どこかでスタートしなければならないことだよ。なぜ僕が相手ではいけないんだ？　君はいつまでも純真無垢《むく》のままでいるには情熱的すぎる。お母さんのように、どんな男だって君を心から満足させることはできないだろう。けれど、僕なら、それに近づくことはできるかもしれない……」

シェルビーはキングの腕を振りほどくと、あとずさりした。同じ高さで見つめているキングの目に、にわかにあざけりの影が宿ったのを見逃さなかった。さらに、さっき自分があんなにも激しくキスをした彼の口元に、かすかに刻まれた軽蔑《けいべつ》の色がしだいに濃くなるのにも、気がついた。

「そんなにショックを受けなくてもいいだろう」キングの声音はいつもとは違った。「僕がベッドへ誘ったのは初めてというわけではないんだし」

「そうだったわね」シェルビーはひどく傷ついていた。「でも、これが最後になるわ。私、帰るわ。今度は二度と戻ってこないつもりよ！」

「そんなことをして、ダニーはなんと言うだろうな？」キングは小ばかにするように言うと、たばこに火をつけながら、シェルビーに向かって薄笑いをしてみせた。彼女は無言でキングを見つめた。ふと気がつくと、自分の指が乱した彼の髪がくしゃくしゃになっている。唇が触れていた彼の下唇がはれている。彼の激しい情熱に自分がどれほど応《こた》えたかを思い返すと、少しきまりが悪かった。

「彼がなんと言おうとかまわないわ」シェルビーはやっとのことで言い返した。

「僕には気になるな」キングの目は脅迫するように暗さを増している。「この前のように、またあのドアから出ていけば、君の人生をめちゃめちゃにしてやるよ、シェルビー。君はダニーを見限るつもりはなさそうだ。あいつにほんとうのことを言うんだ。

さもなければ、僕が言う」

「ほんとうのことって、なんなの？」

「君が僕を求めている、ということだよ」キングは平然と言い放った。「僕が望みさえすれば、いつでも君をものにできた、ということだ」

「そんなの嘘《うそ》だわ！」シェルビーはぞっとして叫んだ。

「嘘なものか」キングの視線がシェルビーの口元に落ち、その目に一瞬、不可解な表情が浮かんだ。

「もし僕に弟を尊重する気がなかったら、今ごろ、君は僕のベッドにいるところだ。それは君だってよくわかっているだろう！」

シェルビーは怒濤《どとう》のごとく押し寄せる苦しさに目を閉じた。なぜなら、自分でもよくわかっていたからだ。シェルビーは両手を体のわきで握り締めた。そして、無言で向かい合う二人の間に漂う緊迫した空気の中で、恥ずかしさが波のように押し寄せてくるのを感じた。シェルビーはうつむいたまま、キングの視線を浴びていた。

「婚約なんていう茶番劇から抜け出す方法を考えろ、シェルビー」キングが言った。「君とダニーが牧場を発《た》つ前に、婚約を解消するんだ。僕が脅してなんかいないことは、もうわかっているはずだ。君が婚約を解消しないなら、僕がダニーにほんとうのことを言う。それからどうなるか、君には気にいらない結果になるだろうな」

シェルビーは大きな目で反抗するようにじっとキングの目を見つめた。その瞳にはいつにない勇気がきらめいている。「で、どういうことになるの？」彼女は勇ましく問いただした。

「僕たちが今夜ここで始めたことを最後までやりとおす」キングは自信たっぷりに言った。「ダニーは残りものの君なんか、ぜったいに欲しがらない。それは断言するよ」

シェルビーの顔はみるみる赤くなった。「なんてひどい人なの！」とぎれがちに、やっと聞こえるくらいの声でつぶやいた。

「反撃するときも、君のやり方は生ぬるいな」キングはあざけるように言った。「僕を侮辱しようと精いっぱい考えた言葉がそれか？」

「やめて！」

キングは不愉快そうに笑うと、机の上の灰皿でたばこをもみ消した。「そのうち君を女にしてあげるよ」そう言って、そっと笑い声をたてた。「さあ、さあ、シェルビー、もう寝よう。君はどうだか知らないが、僕は疲れた。明日も忙しい一日が待っている」

シェルビーは顔を赤らめた。「いやよ！」

「おや、ミス・ケイン」キングはことさら驚いたような口調で言った。「僕がなんのことを言っていると思ったんだい？」

シェルビーは真っ赤になって身をひるがえすと、部屋から走り出て、そのまま階段をのぼった。これまでだれに対してだろうと、憎んだことがないほど激しくキングを憎みながら。

5

翌朝、シェルビーは一度もキングを見かけなかった。ダニーがなにげなく、兄は仕事でオースティンへ飛んで、少なくとも二、三日は戻ってこないと言った。

それを聞いて、シェルビーはほっと安堵《あんど》のため息をもらした。昨夜、あんなことがあったあとでは、少し時間をおかなければ、キングと顔を合わせることなどとうていできない。どうしてあんなに激しく彼の求めに応じることができたのだろう？　彼の魅力に屈することなく毅然《きぜん》としていることだってできたはずなのに。そうするつもりだったら……。

まさか、冗談でしょう。シェルビーはダニーと並んで歩きながら、心の中で自分に言った。二人は母屋の裏手に広がる薔薇《ばら》園を抜けて、川へ向かっていた。これまでどんな男性に対してもできなかったようなやり方でキングを欲しいと思った。そしてキングもそのことを知っている。今でも、彼の温かな唇が自分の唇にしっかり押しあてられ、彼の力強い腕に抱きしめられたときの感触がよみがえってくる。

今朝、彼を見かけなかったというだけで、もう寂しくて、まるで自分が二つに引き裂かれたように感じている。これから彼の姿が見えないときは、いつもこうなるのだろうか？　どうしてこんな気持ちになるのだろう？　まるで彼に恋してしまったみたいに……。

恋。その言葉を噛《か》み締めているうちに、体中に激しい感情がほとばしるようにわきあがった。恋しているですって？　キングに？　初対面のときから敵以外のなにものでもなかった男性、会うたびに傷つけられる男性、弟と結婚させないためならなんでもすると公言している男性。そんな相手に恋してしまったのだろうか？　昨夜のことは、私をダニーから遠ざけるための計画のほんの一部だった。そのことは彼自身が認めた。それなのに、どうしてもう一度彼の腕に抱かれたいと、これほどにもうずくような欲望を感じるのだろう？

「ああ、キング」シェルビーは心の痛みに思わずあえぐようにつぶやいた。

「なにか言った？」ダニーがぼんやりきき返した。

「なんでもないわ」シェルビーはごまかした。「それより、去年ここを襲った洪水のことを聞かせてちょうだい」

しかし、ダニーが口を開く間もなく、聞き慣れた甘い声がした。

「あら、そこにいたのね、ダニー！　ねえ、あなたのフィアンセは、二、三時間、あなたを貸してくれないかしら？」そう言いながら、メアリー・ケイト・カルハンはちらりとシェルビーに冷ややかな視線を投げかけた。「法律上の問題で教えてほしいことがあるの」

「今は牧場を離れられないんだよ、メアリー・ケイト」ダニーはにっこりしながら言った。「キングは帰ってきたと思ったら、数時間後にはまたジョージア北部まで競売に行ってしまう。その前に、彼に少し相談したいことがあるんだ」

シェルビーの心臓は肋骨《ろっこつ》にあたるのではないかと思うほど激しく打ちだした。キングが数日留守にするというのは、これからの話だったのだ。脈は乱れ、どうやってキングと顔を合わせようかとそればかりが気になって、ダニーとメアリー・ケイトの会話は少しも耳に入らなかった。今までと同じようにキングに接することなど金輪際できない。彼の腕に抱かれて、あのような気持ちになったからには。それに、自分の気持ちを隠すのは苦手だ。これまでだって、うまくできたためしはないのだから。

「ダニー、私、もう自分の家に帰るわ」シェルビーは唐突に言うと、くるりと向きを変えて母屋へ向かった。

ダニーがシェルビーの腕をつかんだ。「これから？　そんなの無理だよ！」

「ダニー、そんなふうに言うものじゃないわ」メアリー・ケイトはうれしさを隠しきれないようすで言った。「シェルビーは自分のしていることぐらいわかっているわよ」

「黙っててくれよ、メアリー・ケイト」ダニーがきつい口調でたしなめた。その瞬間のダニーは機嫌の悪いときのキングそっくりだとシェルビーは思った。ダニーはシェルビーのほうへ向き直った。「今はだめだよ。君を送っていけないんだ」

「タクシーを拾うわ。バスだってあるし。いえ、歩いていくわ」

「サンアントニオまでずっと歩くつもりかい？」ダニーが大声を出した。「シェルビー、いったいどうしたんだ？　キングが戻ってくるのがこわいのかい？」

「なぜそんなことを言うの？」シェルビーは声をつまらせながら尋ねた。顔は青ざめている。

「すばらしい推理だろう」ダニーが誇らしげに言った。「だが、せっかく慎重に考え出した計画を君にだいなしにされるのはごめんだよ。あの計画のことだ、シェルビー、覚えているだろう？」彼はすばやくメアリー・ケイトに視線を投げながら尋ねた。「いいね？」なおも念を押す。

「私たち二人で考えたことならうまくいくでしょうけど。そうじゃない？」シェルビーもきょとんとしたブロンドのメアリー・ケイトに視線を走らせながら、頑固に言い張った。

「君はわかっていないが、とてもうまくいっているよ」ダニーはにやりとした。「とにかく、わかってくれよ。あと二日。そうしたら僕たち二人とも帰るんだから。いいね？　わかった？」

「あの言い訳じみた取り引きがなにを意味するのかやっとわかったわ」シェルビーはうんざりしたように、それでも笑みを浮かべて応じた。「脅しと同じよ」

「それは言いがかりだよ」

「ねえ、二人でなにを話しているの？」メアリー・ケイトが不満そうに言った。

「なんでもないよ」ダニーはとっさにごまかした。「馬に乗りに行くかい、メアリー・ケイト？」にっこりして付け加える。

　メアリー・ケイトの小さな顔がぱっと明るくなった。「まあ、行けるの？」うれしそうに言ったものの、すぐにうつむいた。「あなたのフィアンセはどうするの？」声が沈んでいる。

　このとき初めて、シェルビーはメアリー・ケイトの冷ややかな緑色の目の奥にとても温かな心が息づいているのに気がついた。意外なことだが、彼女もひどく傷ついているのだ。それだけではなく、シェルビーはメアリー・ケイトの気持ちまで理解できた。なぜならシェルビー自身、キングのことを思うたびに同じような気持ちに襲われるようになっていたからだ。

「私……いくつか電話をかけなければならないから」シェルビーは急いで言った。「どうぞ二人で行って」

　メアリー・ケイトはぽかんとしてシェルビーを見つめた。「あなたは……いいの？　ほんとうに？」

　シェルビーはにっこりした。「ええ、いいのよ、ほんとうに。楽しんでね」

　ダニーはシェルビーのつややかな黒髪を一房つか

んで引っ張った。「君にもすぐにそう言えるようになるといいね」

シェルビーはそっぽを向いた。「さあ、どうかしら。どうしてメアリー・ケイトにほんとうのことを言わないの？」肩ごしにきいた。「どちらにしろ、あなたの言うことはあまり説得力があるとは思えないわ」

ダニーはくすくす笑った。「君の言うとおりかもしれないな」

シェルビーは母屋へ帰る道すがら、じっくり考えてみた。いったいダニーはなにをたくらんでいるのだろう？　あのようすからすると、断じてメアリー・ケイトから逃れるためではない。では……いったいなんなのだろう？

シェルビーはまっすぐ母屋には向かわずに、川のほうへ下りていった。川岸に立ち並ぶ樫《かし》の巨木の下に腰を下ろすと、草が茂る土手にもたれて、静かな流れの音に耳を傾けた。

ほどよくフィットしたジーンズの脚を交差させ、青いプリントのコットンブラウスの袖《そで》をまくりあげる。ブラウスのボタンを一つはずして、ほてった肌に心地よい風を入れた。草の上で腕枕《まくら》をして体を伸ばし、目を閉じて、ため息をもらす。ここはなんて穏やかなのだろう。静かで、緑がいっぱいで、とても涼しい。たちまちシェルビーは眠ってしまった。

だれかに名前を呼ばれた。続いて二度、三度と聞こえる。シェルビーは初め、夢を見ているのだと思った。そのうち、腕にだれかの手が触れるのを感じた。

あわてて目を開けると、ケイト・ブラントがかがみこんでいた。年輪を重ねた顔のしわ一本一本に安堵の色が浮かんでいる。ケイトの周囲に見える空は薄暗いオレンジ色に染まっていた。

「ああ、よかったわ、無事で」ケイトはほっと息をついた。「ダニーの話では、あの子とメアリー・ケイトが乗馬に行くときに、あなたは母屋へ向かっていたそうね。それなのに、キングが戻ってきても、まだ帰ってこなかったでしょう。それで心配になって、みんなをさがしにやったのよ」

　シェルビーはあわてて立ちあがると、ジーンズやブラウスの背中についた草を払い落とした。聞こえてきたケイトの言葉に、心臓がとまりそうなほど、うろたえていた。

「キングは家に戻っているんでしょうか？」シェルビーはおそるおそるきいた。

「あらあら」ケイトは同情するように言った。「キングはいますとも。おかげで、なんだか家の中がとげとげしくなって。あの子はさっきダニーを責めていたわ。それに、ジョージア行きをキャンセルしたのよ」

「責める……ダニーを？　どうしてですか？」

「あなたよ、シェルビー」ケイトはにっこりした。「キングはダニーがあなたをほったらかしにしてメアリー・ケイトと出かけたことに激怒したの。といっても、キングが腹を立てているのは、あなたの姿が見えないからじゃないの。キングは牧童たちと手分けして牧場中をさがしまわったからなのよ」ケイトは顔をしかめて、さらに言った。「それで、私は直感で、ここへさがしに来てみようと思ったの。私がこちらへ来るとき、キングは馬を取り替える準備をしていたわ。あの子の癇癪《かんしゃく》玉がこれ以上破裂しないうちに、急いで帰ったほうがいいと思うの」

「まあ、ごめんなさい！」シェルビーは心からあやまった。キングの癇癪玉が自分に向けて破裂すると思うと、恐ろしくてたまらなかった。顔色は真っ青になっている。今度こそ思いきり叱《しか》られるだろう。

「ほんとうにごめんなさい。ゆうべ眠れなかったので、ちょっとだけ目をつむろうとしたのが……眠ろうなんて思ってもみなかったのに、そんなにご面倒をかけてしまったなんて」

「たいしたことじゃないのよ」ケイトは忍び笑いをした。「私、あなたがここにいるような気がしたの。今朝早く、あなたのお部屋に明かりがついているのが見えたわ。昨日の朝もそうだったわね。このところ、眠っていないんでしょう？」

「でも、それはダニーのせいではなくて……」

「わかっていますよ」

「え、おわかりなんですか？」シェルビーは目をしばたたいた。

「気にすることはないわ、シェルビー。そのうちあなたにもわかるわよ。でも、とにかく今はキングをなだめることが先決ね」

「私が深く反省して、家畜小屋へあやまりに行けば、少しは効き目があるでしょうか？」シェルビーはおずおずと尋ねた。

「家畜小屋へは近づかないほうがいいと思うわ。なにかのきっかけで、あの子が冷静になるまでは」ケイトは笑った。「機嫌が悪いときのキングは要注意ですからね」

「ええ」シェルビーは情けなさそうに言った。

「そうね、あなたはわかると思うわ」ケイトはシェルビーにちらりと目をやった。「あの子はあなたに腹を立てているんじゃないかしら？」

「それもダニーのためを思ってのことなんです」シェルビーは口ごもるように言った。そのとき、目の端にちらりと動くものをとらえた。その正体に気づいたとたん、彼女はくずおれそうになった。

　キングがゆったりした足取りで二人のほうへやってくる。前回ここへ来たときから、シェルビーが忘れようとしても忘れられない、あの危険をはらんだ足取りで。帽子を目深にかぶったキングの、歯をくいしばっているらしい顎の形が遠くからでもわかる。

浅黒い顔には怒ったときのしわが刻まれている。

シェルビーは庭の入り口で立ちどまった。わらにもすがる思いで、刺《とげ》だらけの茎に咲く大きな白薔薇をつかんだ。

「あら、キング」近づいてくるキングにケイトが声をかけた。

「母さんは帰ってくれないか」キングはそっけなく言った。

ケイトはすまなそうにシェルビーを見たが、息子の機嫌を気づかって言われるままに家に入ると、うしろ手にそっとドアを閉めた。

「みんながあなたをこわがっているのね」シェルビーはいらだたしげに言った。キングの顔は見ず、半開きになった黄褐色のシャツに向かって話しかけていた。まともに彼と目を合わせることなどできそうになかった。

キングがなにも言わないので、シェルビーは不安そうに唾《つば》をのみこんだ。ひんやりしてやわらかい薔薇の花びらを見つめながら、そっと指で触れてみる。

「どうしたの？」シェルビーは心細そうにつぶやいた。「私をどなりつけるんじゃないの？」

それでもキングからはなんの言葉も返ってこない。シェルビーは神経質そうに唇を湿すと、勇気を振り絞ってキングの顔に視線を向けた。怒りに燃える彼のまなざしは思わずたじろぐほどだった。

「爆発する前に放出させたらどうなの、キング」シェルビーは静かに言った。

「なんてやつだ、君は！」キングはいきなりすんなりした手を伸ばしてシェルビーの両方の腕を力まかせにつかむと、強くゆさぶった。「この牧場がどれほど広いかわかっているのか？　君がほんとうに迷子になっていたら、さがし出すのにどれくらいの時間がかかるか、わかっているのか？　いったいどこにいたんだ？」

「あ、あの……川のそばで眠くなって」シェルビーはつっかえつっかえ言った。「ねえ、お願い、痛いわ！」

　キングはきつく握っていた手をゆるめて、大きく息を吸った。「このばか者が。ひっぱたいてやりたいくらいだ！」

「わかっているわ。ごめんなさい」

「ごめんなさいだと？」キングはまぜっかえした。「こっちは牧童の半分に牧場中をさがさせたんだぞ。みんな十二時間も働いたあとなのに。それに対して言う言葉が、ごめんなさいか！」

　シェルビーの頬を涙が伝った。うつむくと、キングの胸がすぐ目の前にあった。シャツの茶色のプリント柄がぼうっとかすんだ。

「やめろ、泣くのは！」キングがどなった。

　しかし、きつい声はなおさら涙を誘うことになった。シェルビーの口からすすり泣きがもれた。

「シェルビー」キングはあわてて言った。「頼むよ。泣かないでくれ！」

　キングはシェルビーを引き寄せると抱きかかえ、なだめるようにゆすった。シェルビーには聞き取れない言葉をつぶやきながら、やさしく彼女の髪に手を差し入れた。そんなしぐさにびっくりしたせいか、彼女の中でそれまで抑えていた欲望がいっきに噴き出した。キングの腕の感触にうっとりして、たくましい体に自分から強く体を押しつけた。

「このばか者が」キングはシェルビーの耳元で繰り返した。「どこをさがしていいのか、それすらわからなかったんだぞ、シェルビー！」

「ごめんなさい、キング」シェルビーはだだっ子のようにささやいた。

　キングはシェルビーのなめらかな首筋に顔をうずめ、温かな唇を強く押しつけた。「ここはとんでもなく広い牧場なんだ。わかっているのか、シェルビー」声が妙に低い。「洪水のときに、牧童を一人亡くしたことがある。遺体が見つかったのは三日もたったあとだった」

シェルビーの体を悪寒が走った。「知らなかったわ……ああ、キング、みんなを困らせるつもりなんてなかったの。ただ、たまらなく眠くて……」

「夜、眠れないのか？」

「ええ、あ、いいえ」シェルビーはあわてて言い直した。しかし、遅かった。

キングは一歩下がって、シェルビーの目をさぐるようにのぞきこんだ。彼の目は血走り、いかめしい顔には疲労の色がにじみ、しわが刻まれている。まるで彼自身もあまり眠っていないように見える。

キングの視線がシェルビーの口元に落ち、彼女の背中にあてられていた手が愛撫《あいぶ》するようにかすかに動きはじめた。「僕もゆうべは寝ていないんだ」彼は静かに言った。

シェルビーは昨夜のことを思い出して顔を赤らめ、冷たくなった両手をキングに押しつけた。

「どうした？」キングが気づかうようにきいた。

「ダニーが……」

「ダニーのことは本人にまかせておけばいい」キングの声はかすれている。「あいつはすっかりメアリー・ケイトに取りこまれているから、君に会うこともできない。君だってそれはわかっているだろう。どうして指輪を返さないんだ、シェルビー？」

シェルビーは自分の体にまわされたキングの腕に力が入るのを感じて、ぞくぞくするような喜びを味わった。頭を上げると、彼の落ちくぼんだ黒い目が自分を見つめている。

キングの視線はシェルビーの顔をさっとなぞったかと思うと、ふたたび彼女の口元へ落ちた。「君は僕を熱烈に求めた」彼は誘いかけるようにささやいた。「風に吹かれたろうそくの炎のように」

シェルビーは顔を赤らめたまま、キングを見つめていた。「あなたは……ダニーの話では、オースティンに行くということだったけれど」

「考えが変わって戻ってきた」キングはシェルビーの肩ごしに遠くを見やり、ふたたび彼女へ視線を戻した。「君から離れてはいられなかったからだ」

シェルビーは目を見開いた。「私……から？」ささやくように尋ねた。

「君からだ」キングがつぶやいた。「君も僕が恋しかったんじゃないのかい、ハニー？」

シェルビーは恥ずかしそうにキングと目を合わせた。「ええ」かすれるような声で認める。「キング……」

キングはシェルビーの体を容赦なく自分の体に引き寄せた。「言葉はいらない。行動で示してほしい」その口調はやさしかった。

そしてキングはゆっくりした動きでたくみにシェルビーの唇を開かせた。じらされて、いやがうえにも感情を高ぶらせたシェルビーは、満たされぬ思いに突き動かされるようにうめきながら、爪先立ちになって自分のほうから誘った。体をそらせ、心のうずきに押されるように、ふるえる唇でキングの唇を求めた。彼女の口からはすすり泣くようなうめき声がもれた。それはまるでキングによってもたらされた心の底からわきあがる喜びがこだましているように聞こえた。

キングは唐突に体を引き離すと、片方の眉を上げて、シェルビーの頭ごしに遠くのほうへ視線を投げた。顔つきはもういつものようにいかめしく、分かち合ったばかりのキスで高まった感情などみじんも表に出ていない。シェルビーの舞いあがった心の裏側のどこかに、そのキスの感触がしっかりととどまり、キングの声が耳に入っても、まるでどこか遠くから聞こえてくるようだった。

「なにか用か？」キングが落ち着いた口調で尋ねた。

ダニーのなめらかな声がした。「僕のフィアンセに用がある」

シェルビーは心臓がとまるかと思った。ふるえながらキングの腕から離れて振り向き、おずおずとダニーを見つめた。ダニーはなんとかして笑いだすまいとしているようにしか見えない。それでも彼はすばやく落ち着きを取り戻すと、シェルビーに近寄った。

「これでも、シェルビーがおまえといっしょになりたがっていると思うのか？　自信を持って、そう言えるのか？」キングは横柄な口調できいた。

キングの黒い目が勝ち誇ったように輝くのを見た瞬間、シェルビーにはすべてが恐ろしいほどはっきりとわかってきた。これはすべてキングがダニーのために計画したことだったのだ。卑怯《ひきょう》なやり方。つまり、キングはどんな手段に訴えてでもシェルビーとダニーを結婚させないつもりなのだ。そのために彼女がキングに恋いこがれるようになったとしても、そんなことは知ったことではないのだろう。そしてシェルビーはまさにそのとおりになってしまったのだ。

そのことに気がついたとたん、シェルビーはぞっとするような悪寒に襲われた。いつの間にか、巧妙に仕掛けられた罠《わな》にまんまとはまってしまったのだ。

ずたずたにされたプライドをかき集めて、それでもシェルビーは誇らしげに頭を上げた。「彼にほんとうのことを言ってあげて、ダニー。あなたが言わないのなら、私が言うわ」口調はやさしいが、ためらうダニーに脅しをかけるにはじゅうぶんだった。

ダニーはタイミングが悪いとでもいうように、大きなため息をついた。「わかった、僕が言うよ」彼はいぶかしげな兄の目を見つめて言った。「シェルビーと僕は婚約なんてしていないんだ、キング」

キングのけわしい表情がますますけわしくなり、目が細くなった。「おまえたちがどうしたって？」

「婚約はしていない、と言ったんだ」ダニーはいささか気おくれしたようなようすで両手をポケットに突っこんだ。「みんなが僕にメアリー・ケイトを押しつけるから、それをやめさせるために仕組んだことなんだ。僕がシェルビーと婚約していると言えば、ほうっておいてくれるだろうと思ったのさ。メアリー・ケイトはいい子だけど、まだ結婚する気にはなれないからね」

キングはなにかを殴りつけたいといったようすをしている。目にはぎらぎらと炎が燃えあがった。

「だったら、なぜそう言わなかったんだ？」すさまじい剣幕で言い返す。

「どうしたんだ、兄さん？」ダニーは皮肉っぽく言った。「僕の彼女とキスをしていたのに、僕がパンチをお見舞いしなかったから、いらだっているのかい？」

「僕の位置からだと」キングは引きつったような声で言った。「彼女のほうからキスをしてきたように見えたんだが」

シェルビーの口からくぐもったすすり泣きがもれた。「ひどいわ。人でなし、ひどいわ」彼女はうめくような声でなじった。キングと視線を合わせたシェルビーの目は彼を非難しつつも、深く傷ついていた。

「どうしたんだい、ハニー？　ほんとうのことを言われて傷ついたというのか？」あざけるような言葉以上に、キングの笑いはシェルビーをあざけっていた。

「キング！」ダニーがどなった。

「おまえは黙ってろ」キングは一言のもとにはねつけた。視線はシェルビーに釘《くぎ》づけになっている。

「さっさと都会へ戻ったらどうなんだ？　そこが君

の居場所じゃないのか？　悪ふざけは終わった。あとは君しだいだ。ダニーの目を覚ますために君を相手にしなくてよくなると思うと、うれしいよ。もうこれからは無駄な時間をとられなくてすむからな」

あまりにひどい屈辱を浴びせられて、シェルビーはあえぐようにして身をひるがえすと、母屋へ駆けこんだ。

ダニーは兄をにらみつけた。「あんなこと、言わなくてもいいじゃないか」

「おまえこそ、どうするつもりだったんだ、ダニー？」キングは質問には答えずに、弟を詰問した。

「ここ何年も、おまえはメアリー・ケイトに恋していたようなものじゃないのか？　さっきの見え透いた言い訳はなんのためだ？　僕の関心をシェルビーに向けさせるためか？　僕はシェルビーなんか欲しいと思ってやしないんだ！　一度だって欲しいと思ったこともない！　だから、おまえは自分のことにかかずらっていたらどうだ。こっちの問題に首を突っこむんじゃない！」

「キング、説明させてくれれば……」ダニーが言いかけた。

「たくさんだ」冷たい一言を残して、キングはダニーに背を向け、大股で去っていった。

6

シェルビーがアパートメントへ帰ったのは土曜日の午後だった。疲れ果て、憔悴《しょうすい》し、泣きはらして、まぶたは赤くなっていた。キッチンにいたイーディは、にこにこして居間へ出てきたが、シェルビーのやつれた顔を見たとたん、たちまち笑みをなくした。

「シェルビー、もう二度とあそこへは行かないでね」イーディは自分のことのように涙声になり、いきなり腕を広げてシェルビーに抱きついた。「かわいそうに！」

「さんざんだったの」シェルビーは泣きだした。

「あなたの言うことを聞いていればよかったわ」

「なにがあったの？」

「話せば長くなるわ」

「大丈夫、時間だけはたっぷりあるわ。コーヒーでも飲みながら、すっかり話してちょうだい」イーディが言った。

実際すべてを話しおえるのにはずいぶん時間がかかった。シェルビーは話しながらも泣きどおしだったからだ。イーディは一部始終を聞くと、ぶつぶつ独り言を言った。

「なんてひどい男なの」うめくように言う。

「そう、ほんとうにひどいのよ」シェルビーの目に涙がたまっている。彼女はペーパータオルをとって、目に押しあてた。「自分がこれほど人を憎めるなんて思ってもみなかったわ」

「もうこれからは、ダニーにここへ来てもらうか、オフィスまで彼に会いに行くか、そのどちらかね。あの牧場へは行っちゃだめよ」

「二度と行くものですか。誓うわ、決して行かない」みじめな思いで、シェルビーは同意した。「キングったら、どうしてあんなことができるの！」声を絞り出すようにして言えば、また涙があふれてくる。

二人がそれぞれの思いに沈黙していると、突然、静寂を破って電話が鳴った。イーディはシェルビーの肩を軽くたたいて、受話器をとりに立ちあがった。

「あなたは座ってて。私が出るわ。きっとアンディよ。今夜ここへ来てもいいかどうか、知りたいんでしょう。実は私たち、まあ、付き合っているようなものなの」

「私なら、出かけてもいいのよ……」シェルビーは即座に申し出た。

「あら、だめよ。私たちでなんとかするわ。とにかくコーヒーを飲んでいて。いいわね？」イーディはそう言いおいて、なにをしていいかもわからず、途方に暮れているようなシェルビーを残して、出ていった。

イーディはすぐに戻ってきた。心配そうな顔をしている。

「電話はあなたにだったわ。長距離電話のように聞こえたけれど」

シェルビーはそれを聞いて、はじかれたように上半身を起こした。「キングじゃないのね？」

「違うわ。でも、男の人よ」イーディは静かに答えた。

だれからだろうと思いながら、シェルビーは電話のところへ行き、ソファに沈みこんで受話器を耳にあてた。「もしもし」声にためらいがまざっている。

「シェルビーかい？　ブラッドだ。君の義理の父親だよ。覚えているだろう？」そう言うと、相手を思いやるように付け加えた。「なんと言っていいのか、わからないんだが……」

「母のこと？」シェルビーは冷静に尋ねた。

「そうなんだ」

「悪い知らせ？」シェルビーはなぜか気分が沈んでいくのを感じながら問いかけた。

「そうだ」

「だったら、聞かせて」シェルビーはものやわらかな口調で返事をしながら、居間の入り口に立って静かにようすを見守っているイーディに視線を向けた。

ブラッドはためらっているようで、すぐには口を開かない。シェルビーは彼の姿を思い描いた――背が高くて、生来の威厳が備わった銀髪の男性。母を美しいと崇拝しながらも、たまにはちょっぴり軽はずみなところもあると考えている人物だ。

「実は、彼女は睡眠薬をのみすぎてね」重苦しい空気が伝わってくる。「その……十分前に亡くなったんだ。君、こっちへ来られるかな？」

受話器を握るシェルビーの指に力が入った。頭の中をさまざまな思い出が駆けめぐる。何台ものカメラの前でほほえむ黒い瞳の母。きらめく黒髪やオリーブ色の肌。そして胸元に輝くいくつものダイヤモンド。いつ果てるとも知れぬパーティ。つねに母の手にあったグラス。そして母を行かせまいと立ちはだかる少女のシェルビー。そのシェルビーに向けられた怒りのまなざし。最後になったあのときの口論……。

「亡くなった？」シェルビーはぼんやりと繰り返した。

「こっちへ来られないかな、シェルビー？」ブラッドはもう一度問いかけながら、急に涙声になった。「僕は……いや、僕たち、少し打ち合わせをしたほうがいいと思うんだ。そこら中に記者たちがうろうろしているから」

「母が亡くなったいきさつをご存じなの？」シェルビーの声がかすれた。

電話線の向こうで重苦しいため息がした。「彼女は映画の契約を破棄されたんだ。スタジオ側は、もう年だし、神経が細すぎるから、もはや役をこなすのは無理だといってね。新作映画で祖母役をオファーされたところが、彼女は経営陣の前で逆上してしまった。昔のスターシステムはとっくになくなっていることを忘れていたんだね。スタジオ側はあっさり役から降ろした。それを彼女は受け入れることができなかった。そのことは僕にも話そうとはしなかった。それほど深く傷ついていたんだと思う」

マリア・ケインはよくよく自分のことを第一に考える人だと、シェルビーは母親を哀れにすら思った。母の美貌《びぼう》はその人格同様、うわべだけの底の浅いものだった。しっかり支える力になるものはなに一つなく、繊細な美貌を鍛えるきびしさもまったくなかった。すべては表面だけだった。しかし、それでもなお、彼女は実の母親だ。今でも愛していることに変わりはない。

「これから乗れる一番早い飛行機で行きます。今、家からかけているの？」シェルビーはブラッドにきいた。

「そうだ」ブラッドは咳《せき》ばらいをした。「空港に迎えに行くよ」

「便名がわかったら、こちらから電話します。ブラッド……お電話、どうもありがとう」

シェルビーはそっと受話器を置いた。キングのせいで流した涙のかわりに、新たな涙があふれてきた。

「お母様？」イーディがきいた。

シェルビーはうなずいた。「自殺したの」小声で言いながら、そのことを認め、その言葉を憎み、それが意味している事実を憎んだ。「私、これから行かなくちゃならないの」

イーディは慰めるようにシェルビーの体に腕をまわした。「かわいそうに。一度にいろいろなことに見舞われて……シェルビー、私もいっしょに行くわ」

シェルビーは首を振った。「これは私一人でしなければならないことよ。だれの助けもいらないわ」自信たっぷりに嘘《うそ》をついた。「心配してくれて、ありがとう。とにかく一人で行くわ。それから、ダニーには言わないでね。彼はいっしょに行くと言ってくれると思うけれど、今は私と関係があるというだけで、彼のキャリアに傷がつくかもしれないから。新聞記者たちは大張り切りするでしょうし。こんなスキャンダルは、前途有望な保守派の若き弁護士にとって、最高の宣伝とは言えないもの。たとえ実家が資産家でも、彼の名誉を保つことはできないわ。あなたもそう思うでしょう?」

「あなたって人は。自分のことは考えないの?」イーディが不満そうに言った。「ダニーはそんなこと気にしないでしょうに」

「だからこそ、彼には言いたくないの」シェルビーはにっこりした。「そうなのよ、イーディ。わかるでしょう」

「でも、ダニーがそのことを知っても、少しもうれしいとは思わないわよ」

「彼は新聞に記事が出るまで知らないでしょう。そのときはもう遅すぎるわ。それに、もしキングが記事を読んだら、ダニーが行くと言っても、ぜったいに行かせないでしょうから」キングへの苦い思いは表に出すまいと思っても、おのずと声に表れてしまう。「彼は自分の弟がこんなたぐいのスキャンダルに巻きこまれるのは断じて許さないわ。そんなことをしたら、彼の考えるカルハン家との合併に傷がつくでしょうし」

「彼のなんですって?」

「なんでもないの、気にしないで。さあ、スーツケースをとってこなくちゃ。なんてラッキーなんでしょう」シェルビーは淡々とした口調で付け加えた。

「まだ荷物をほどいてなくて」

ブラッドは空港でシェルビーを出迎えると、ハリウッド郊外へ向かった。市街を見渡せる丘の上の豪《ごう》奢《しゃ》な邸宅に着き、シェルビーのスーツケースを運びこむなり、居間に彼女一人を残して出ていった。室内は青と白で統一され、クロムメッキの家具が置かれている。どこか母親のようだ、とシェルビーは思った。荒涼として、生気が感じられない。彼女はしばし目を閉じた。

「僕はもう街に移ったからね。昔住んでいたアパートメントなんだ」戻ってきたブラッドが静かに言った。「君は一人になりたいだろう。ここには通いのメイドが二人いる。メリッサとゲリーだ。来たときに会ったね。メリッサは小柄なブロンドのほうで、ゲリーは黒っぽい髪のほうだ。あの二人が世話をしてくれる。メリッサはミセス・プラマーがやめてからずっと家計管理のほうもやっている。彼女は君がここにいる間、食事の支度をしてくれるよ」彼はソファの端に腰を下ろした。「さてと、話し合わなければならないことがたくさんあるね。葬儀のことや……」

「母は自分で決めていたの」シェルビーはどうでもいいという口調で、地元の葬儀場や墓地の名前をあげた。それから母親の写真を取りあげた。金縁の額に入った華やかな宣伝用の写真で、マリア・ケインは完璧《かんぺき》にかぶせものをした歯を見せて笑っている。

「葬儀はあさってに決めたよ」ブラッドが言った。「彼女の友人たちに棺《ひつぎ》をかつぐ役を頼んでもいいかな？」彼は過去に母親と親しく付き合いのあった男友達の名を六名あげた。

シェルビーは静かにうなずいた。「けっこうよ」それからブラッドのうつろな目を見あげた。「ブラッド、あの……母は安らかだった？」

ブラッドはほほえんだ。「一度も意識を取り戻さなかったんだ。眠りに入って、それきりだった」彼は声をつまらせて、薄い上唇を噛《か》んだ。目には涙がにじんで、きらきら光っている。「彼女は眠りについた。ほんとうにきれいだった……」声がふるえている。ブラッドは深く息を吸いこむと、ホームバーへ行って酒をついだ。

シェルビーは酒を勧められたが断り、肘掛け椅子に腰を下ろすと、向かいにある濃いブルーのソファをぼんやり眺めた。毛足の長い絨毯《じゅうたん》の白と目の覚めるような対比を見せている。いかにも母らしい奇抜さだ。

そのとき唐突に、シェルビーは激しい後悔の念に駆られた。もし自分がもう少し努力していたら、母との距離を縮められたのではなかっただろうか。しかし、母はそんなことは試みようともしなかった。ほんのわずかさえも。

「母はなにか書き残さなかったかしら？」シェルビーはブラッドにきいた。

ブラッドは肩をすくめた。「なにもない」そう言ってからシェルビーをちらりと見た。「それに、金もないと思うんだ」同情するような口ぶりで言った。「君も知っているだろうが、彼女は金を使うのが大好きだった。残されたのはこの家だけだ。売れば、借金はなんとか返せるだろう」

「それはかまわないわ」シェルビーは相手を思いやるように言った。「私はちゃんと仕事をしているし、簡素な暮らしが好きだから」

ブラッドは顔を赤らめ、きまり悪そうに言った。

「なにも僕は……」

「よくわかっているわ、あなたのことは。母はあなたとずっと暮らしていた。心からあなたを愛していたんだと思うわ」

ブラッドはグラスに視線を落とした。「彼女は彼女なりに精いっぱい愛してくれた。そう思っているよ。君が彼女の気まぐれな愛情の対象にならなかったことは気の毒だと思うが。彼女は成人した娘がいることを思い出したくなかったんだ。わかるだろう？　彼女自身が大人じゃなかったからね」彼は言いにくそうに付け加えた。

シェルビーはうなずいた。「ええ、よくわかるわ」

ブラッドがいなくなると、家の中は恐ろしいほどがらんとしてしまった。夕方、シェルビーはブラッドと葬儀場へ行き、胸にぽっかり穴があいたような気分で戻ってきた。白いレースの上に美しい大理石の彫像のように横たわっていた母の姿が頭から離れず、ブラッドに帰らないように頼もうと思ったほどだった。しかし、彼も心はずたずたに引き裂かれている。行きつけのバーで二、三時間過ごすことがなによりも必要だろうと思い直した。

ブラッドが帰ると、メイドたちもすぐにそれぞれの部屋に引きさがり、シェルビーは母の豪華絢爛《けんらん》たる邸宅の中央に座り、自分には持てなかった子供時代を思って泣いた。

受話器は用心深くフックからはずしてある。そうでもしなければ、とても耐えられそうになかった。シェルビーとブラッドが葬儀場へ着いたとたん、二人は記者たちに取り囲まれてしまったからだ。悪名高いマリア・ケインに成人した娘がいたという事実は、ほとんどの記者にとって初めて聞くニュースだから、彼らは一団となってシェルビーを追いまわした。どこに住んでいるのか、なにをしているのか、母親の死についてどう感じているのか、などなど。自殺だったんでしょう？　美しくて有名なお母さんがなぜみずから命を絶ったのか、理由を知っていますか？

あれは事故だった。車へ乗りこむまでつけまわされて、かっとなったブラッドが記者たちにそう説明してくれた。単に睡眠薬の分量を間違えただけで、断じて自殺なんかではない！　しかし報道陣はその説明に納得せず、二人がなんとかはぐらかそうとするにもかかわらず、熱心な記者たちが大挙してマリアの屋敷まで戻る二人を追跡してきた。

ブラッドはしかたなく最後には地下室を抜けて、屋敷から脱出した。しかし、玄関の外にはまだ二、三人の取材記者が残っていた。そのうちの一人は、地元テレビ局のカメラマンと照明係を連れていた。ドアをどんどんたたくのだけはついにあきらめたが、薄暗い照明しかないところで、ドアごしにシェルビーの名前を呼びつづけていた。彼らは粘り強い禿鷲《はげわし》のように待っている。ひたすら待っているのだろう。

しばらくして、シェルビーは外で物音がするのに気がついた。どうせまた記者たちだろうと無視していたが、そのうちドアを激しく、強くたたく音が聞こえるようになった。

彼女は両手を耳にあて、居間の中央に立ちすくんで叫び声をあげた。もう一度、さらにもう一度。やっとドアをたたく音がやんだ。シェルビーはくずおれ、床にはつややかなベージュの山ができた。さっき見つけて身にまとったカフタンが、彼女がすすり泣くにつれて、ほっそりした体のまわりでやわらかなひだになる。このときまでずっと泣くまいと我慢していたのだ。これほど孤独で途方に暮れ、絶望したことがあっただろうか。シェルビーの心は今まで一度も手に入れることができなかったもの――愛情と好意とほんの少しの思いやり――を求めて、張り裂けそうだった。

暗闇《くらやみ》で決壊したダムのように、シェルビーはあふれ出る涙といっしょに思いのたけを吐き出した。足音とメイドの声が近づいてくる。それとともに、落ち着いた男性の声も。その後、ばたんとドアが閉まる音がして、シェルビーはうつむいた頭に視線が注がれるのを感じた。

　顔を上げると、そこには二度と見ることはないと思っていた顔があった。その人物は、細めた目に深い哀れみの情をたたえ、しみ一つない分厚い純白の絨毯に一人ぽつんとうずくまる痛々しい姿を見つめていた。

「どうして……こんなところで、なにをしているの？」シェルビーの声は涙にむせてかすれ、視界はぼやけた。最後に顔を合わせたときに言われた言葉を思い出したとたん、暗闇で花弁が閉じるように、彼女の表情はたちまち曇った。相手を見つめる大きな目には深い傷が見てとれた。

「君がどうしているかと思って、ようすを見に来たんだ」彼は緊張した面持ちで言った。

　ダークスーツを着て、いつもかぶっているクリーム色のカウボーイハットを片手で握り締めている。ブーツがシャンデリアの光を受けてきらめく。顔にはしわが刻まれ、眠っていないのか、憔悴しきったようすで、下顎がこわばっている。

　シェルビーは下唇をふるわせながらも、毅然《きぜん》として顔を上げた。「私なら一人で大丈夫。だれにも頼らなくてもやっていけるわ」声を絞り出すようにして言った。

　キングは歯をくいしばった。握っていた帽子のつばがくしゃくしゃになる。「ああ、ハニー」やさしい声でつぶやいた。

　シェルビーの口からすすり泣きがもれ、目は苦痛にゆがんだ。「ほんとうはとてもつらいの、キング！」

「そうだろうとも、わかるよ」キングは帽子を椅子にほうり投げると、シェルビーをたくましい腕に抱きあげた。そして、彼女を押しつぶすほどの力で引き寄せた。シェルビーはキングのたくましさに畏怖《いふ》の念すら覚え、同時にぬくもりを感じた。そして、いきなり両方の腕をキングの肩にまわして、しがみついた。ダークスーツの上着に爪がくいこむほど力いっぱいに。

「お願い、抱いて」シェルビーは嗚咽《おえつ》をもらした。「私をしっかり抱いて。そして、つらいことを忘れさせて……」

「時間が忘れさせてくれるよ」キングの唇がシェルビーのやわらかな喉をそっとかすめた。「自然にまかせればいい。泣きたいだけ泣くんだ。僕はどこにも行かないから」彼は赤ん坊をあやすようにシェルビーをゆらし、慰め、癒《いや》しつづけた。「泣けばいいよ、シェルビー」

シェルビーはずいぶん長いこと泣いた。それでも、最大の敵から慰められている皮肉をとうてい受け入れることができなかった。しかしキングは、状況から見て、休戦だと思っているのだろう。やがて涙もかれたシェルビーが放心したようにぐったりすると、彼は自分のハンカチで彼女の顔をぬぐい、はなをかませた。

キングは小柄なブロンドのメイドを見つけて、コーヒーをいれさせた。その間にシェルビーは顔を洗いに行って、なんとか落ち着きを取り戻した。戻ってくると、ソファに座ったキングは長い脚を組み、上着を脱いでネクタイをはずしていた。色浅黒く、官能的で、どこか威嚇するような彼の姿はまさに男性的な優雅さを体現している。キングはきびしい目つきで、光沢のあるカフタンを着たシェルビーの体を眺めまわした。

「そんなものは君には似合わないな」彼はいきなりぶっきらぼうに言った。「軽薄すぎるよ」

シェルビーは大きな肘掛け椅子に腰を下ろし、脚を上げて膝を折ると、その脚をカフタンで包みこんだ。「これは母のよ。自分のガウンを持ってくるのを忘れたの」

キングは琥珀《こはく》色の液体がなみなみと注がれたグラスを持ちあげると、静かに言った。「勝手にいただいたよ。とるものもとりあえず、大あわてで飛んできたんだ。おとといの晩から寝ていない」

シェルビーはびっくりしてキングを見つめた。

「飛行機で来たの？」

「そうさ」

「民間の飛行機で来たのよね」シェルビーはそっと言った。

キングは首を振った。「僕のセスナで」

「睡眠不足でそんなことをしたら、墜落していたかもしれないわ！」シェルビーは大声を出した。頭がぼうっとして注意が散漫になり、最悪の事態になっていたら、とすべてを悪いほうへ考えて、ぞっとしたのだ。

キングはかすかに笑みを浮かべてシェルビーを見た。「まさか。そんなことになるとは思わないね」彼は赤くなったシェルビーの顔を眺めまわした。

「僕のことが心配なのかい、シェルビー？」

シェルビーはキングの目を避けるように、ソファの上に無造作に投げ出されている彼の上着に視線を向けた。「相手がだれだろうと、そんなに長時間、寝ずに操縦すれば、心配するわ」

「うまく逃げたな」キングは飲みほした空のグラスをコーヒーテーブルに置いた。たばこに火をつけ、灰皿を手の届くところへ引き寄せる。「義理のお父さんはどこにおられるんだい？」

「近所のバーだと思うわ」シェルビーはため息をついた。「彼は母をとても愛していたの」

キングはむっつりしたまま、考えこむようにクッションにもたれ、たばこをくゆらせながら、じっとシェルビーを見つめた。「そうか」目を細めて、ぼそっと言う。「そうなんだろうな」

「なにか食べる？」メイドのメリッサがトレイにのせたコーヒーを運んでくると、シェルビーはきいた。

キングは首を振って、メイドに立ち去るよう目で合図した。そのまなざしはシェルビーの血を煮えたぎらせた。

「腹はへっていない」キングはそう言いながら、シェルビーにすばやい一瞥《いちべつ》を投げた。その際、彼女の目に燃えあがった炎を見逃さなかった。「君は？」

シェルビーは即座に首を振った。「あまり食欲がないの」

キングはシェルビーがコーヒーをついだカップを受け取ると、ふたたびソファにもたれた。「お母さんのことを聞かせてほしいな、シェルビー」

シェルビーは膝をかかえて肘掛け椅子の上でまるくなった。「私、母のことはあまりよく知らないの」素直に認める。「母は私のためにはほとんど時間を割いてくれなかったから。私、実際はおばに育ててもらったの」

「親しい関係にはなかった、ということかい？」

「ええ」シェルビーは穏やかに言った。「ぜんぜん。子供のころ、私はいつも母のじゃまをしていたわ。母が役をもらって映画の撮影でロケに行くのは、ただ私から逃げ出すためだと思っていたの」彼女は昔をなつかしむようにほほえんだ。「母が家にいるときは、いつも家中に人がいっぱいいたわ。一晩中パーティが続いていた。私はじゃま者。いつもじゃまをしたわ。もちろん、いつだって家政婦にベッドへ入れられたけれど」シェルビーの顔つきはしだいにこわばり、目は曇っていく。彼女はコーヒーカップを握り締めた。

「男たちがいたんだね？」キングはやさしい口調で尋ねた。

「ええ、たくさんの男の人たち」シェルビーは身ぶるいすると、目を閉じた。「義理の父親たち、母のボーイフレンドたち……一番長く続いたのがブラッドだったけれど、彼もたくさんの中の一人よ。私は決して……」

「なにがあった？」キングが静かにきいた。

シェルビーは乾いた唇を湿した。「母は、私が十四歳のときに、ヨーロッパの映画スターと結婚したの。彼は若い女の子が好きだったから……彼が私になんらかの注意を向けると、母は嫉妬《しっと》したのだと思うの」彼女はキングと目を合わせた。「それで母は私を追い出したのよ」

キングの目に突然怒りがこみあげた。シェルビーは視線をそらせた。

「私はおばと暮らすようになったの。母は、結婚がうまくいかなくなると、私の愛情を買い戻そうとしたわ。でも、それは私を愛しているからではなくて、ただのジェスチャーだったの。母は私が生まれたときから、私を……憎んでいたのよ」

キングは大きく息を吸った。「なんてことだ。そういうことだったら、僕がお母さんのことを言ったとき、君が憤慨したのも当然だ」彼はつや消しグラスを指先でつまんで、ぶらぶらゆらした。「話してくれればよかったんだ、シェルビー」

「それで、私を打ちのめすための別の鞭《むち》を、あなたにあげればよかったというわけ？」シェルビーは軽い調子で言った。

キングは歯をくいしばった。「そういうふうに思えたかもしれないな」

「でも、あなたが心配するようなことはなにもなかったのよ」シェルビーは言った。「私はダニーと結婚しようなんて考えたこともなかったわ。ほんとうのことを知りたいのなら、はっきり言うけれど、彼のことは大好きだから、結婚相手としては考えられないの」

キングはシェルビーをにらみつけた。「それはおかしな言いぐさじゃないか、ハニー」

「つまり、結婚にはあまりいい印象を持っていなかったということよ」シェルビーはため息をついた。

「いつもそうとは限らないよ」

シェルビーはにっこりすると、からかうような調子で言った。「そんなこと、どうしてわかるの、ミスター・ブラント？　一度も結婚したことがないくせに」

キングの目が陰りをおびた。「もう少しで結婚するところまでいったんだ。相手があんな浮気娘でなかったら……」彼は前かがみになって、たばこをもみ消した。と思うと、すぐにもう一本のたばこに火をつけ、その先端をじっと見つめた。

シェルビーはそのようすを息をつめて見守った。

「彼女はとても君に似ていた。都会の女性だ」キングは苦い思いを噛み締めるように言った。「外見がすべてなんだ。牧場に連れてきたら、彼女は初日から青くなった。子供の話を持ち出すと、背を向けて逃げ出した。彼女に子供を産んでもらおうと思っていたのに、金の力ではどうにもならなかった」

シェルビーはカフタンに隠れている膝に顎をのせた。「その人を愛していたの？」

キングの片方の黒い眉が上がった。「彼女を自分のものにしたかったよ」

「それと愛情とは別だそうよ」

「君には違いがわからないのかい、シェルビーお嬢さん？」そう言うと、キングはシェルビーをじっと見つめた。

シェルビーはとっさに目を伏せた。キングの言葉のせいで彼女の目に浮かんだもろさに彼が気づく間もなかった。

「ええ」シェルビーは嘘をついた。「わかるようにはならないでしょうね。だって……男の人と深く付き合う時間もないし。私、とても規則正しい生活を送っているのよ」

「君はそういう生活を気にいっているんだろう？」キングの理解力は鋭い。「男とは決して親しい関係になりたくないと思っている。たとえ言葉の上だけでも」

シェルビーはテーブルにのったカップを取りあげると、ぬるくなったコーヒーをすすった。返事はしなかった。

家の外で、車のエンジン音が大きくなった。

「あいつら、きっと眠くなったんだろう」キングは薄笑いを浮かべて言った。

「記者たちのこと？」シェルビーは無意識に身ぶるいした。「明日、外へ出るのが恐ろしいわ。ぞっとするほどなの……あのたくさんのマイクやカメラは」

「君がカメラをこわがるのかい？」キングがからかった。

「ええ、今はこわいと思うわ」シェルビーは小さな声で言って、目を閉じた。

「そういう意味で言ったんじゃないんだ」キングは身を乗り出すと、シェルビーをじっと見つめた。「君は自分がどんなに美しいかわかっているはずだよ」

シェルビーは目を開けて、まっすぐキングと目を合わせた。そのとき、彼の目に理解しがたい感情が浮かんでいるのに気づいて驚いた。

「あいつらは君の家まであとをつける気だよ、シェルビー」キングは静かに言った。「お母さんは過去の人だが、君のことなら、まだいくらでも書くことができる。スキャンダルが下火になるまで、君は最高の新聞ねただ」

シェルビーの胸は波打つように上下した。「そうでしょうね」

キングはグラスをテーブルに戻した。「僕といっしょに帰ればいい」

シェルビーは、はっとして顔を上げた。「なんですって！」

「僕といっしょに牧場へ帰ろう。君が安心していられるのはあそこしかない。僕なら、君を守ってあげられるよ」

「質問してもいいかしら？」シェルビーはやっと息をしているといったようすで、あえぎあえぎ言った。「どうしてそんなことをする気になったの？　この前、私が立ち去ったとき……」

　キングの目の中で炎がいっきに燃えあがった。

「君とダニーには馬に使う鞭をくれてやることもできたんだ。あんなまねをして」彼はきつい口調で言った。「しかし、あれは過去のことだ。こんな痛手から回復する時間もないうちに、君を切り刻んで魚の餌《えさ》にするつもりはない。今、君が女友達と住んでいる穴倉のようなアパートメントに戻れば、決して平穏な生活は取り戻せないぞ」

「あそこは穴倉なんかじゃないわ！」シェルビーは言い返した。「それに、お金に困っているから、いっしょに住んでいるわけでもないのよ！」

「落ち着くんだ。君を侮辱するつもりはなかった」

「そうかしら？」シェルビーはうんざりしたようにため息をついた。「でも、キング、そうはいかないわ。スカイランスに着いたとたん、私に喧嘩《けんか》をふっかける気でしょう。でも、私はもう争いたくないの。疲れ果てて……」

　キングは、小妖精《ようせい》のようなシェルビーの顔が青ざめ、悲しみと不眠によるしわがめだつのに気がついた。彼はたばこをもみ消すと立ちあがり、シェルビーのいる椅子のほうへゆっくり向かった。そして手を差し伸べると、そのたくましい腕に彼女をやさしく抱きあげた。

「キング！」シェルビーはふるえる声でささやいた。

「こわがらなくていい」キングが穏やかに言う。「安心しておいで」彼はシェルビーを抱いたままソファへ運ぶとそのまま腰を下ろし、膝にのせた彼女をやさしくゆすった。「じっとしているんだ、シェルビー。君を傷つけたりはしないから」

少しずつ、シェルビーはキングの温かくてたくましい体に寄り添って緊張を解き、彼の肩に頬をのせ、疲労に誘われるままに目を閉じた。

キングは体をずらして、シェルビーをなおも近くへ引き寄せると、彼女のふんわりとやわらかい髪に頬を預けた。一瞬、広く、がらんとした部屋に沈黙が訪れた。

「おやすみ、いい子だ」キングはやさしく声をかけた。「狼《おおかみ》が来たら、追いはらってあげよう」

シェルビーはキングにさらに体を寄り添わせた。

「あなたもやさしくなれるのね」

「必要なときはね」キングもおとなしく認めた。「君にやさしくするのがとくに好きだというわけじゃないがね」

「そうね。でも、なぜなの、キング？　ほんとうに私のこと、そんなに嫌い？」シェルビーは眠たそうな声できいた。

キングは苦笑いした。「いつか話すよ。忘れてたら催促してくれ。さあ、目を閉じなさい」

シェルビーは素直に従った。温かくて心地よい波に洗われているような気分でうとうとしていると、世界が現れたり消えたりする。そんな錯覚にとらわれているうちに、シェルビーはキングの腕の中でぐっすり寝入ってしまった。

目覚めたときは、ぬくもりと安心感に包まれていた。ふとなにかやわらかいものに体を寄り添わせているのに気がついた。耳の下には脈動を感じる。シエルビーはゆっくり目を開けた。枕《まくら》になっているのは光沢のある白いシャツで、はだけた前身ごろからブロンズ色の肌がのぞき、それに沿うように黒い縮れ毛が見える。シェルビーは目をしばたたいた。耳の下に感じるのは、力強く着実に刻む心臓の鼓動だったのだ。

シェルビーは頭を上げて、キングの黒い目をまともに見つめた。その目にはおもしろがっているようすがわずかに浮かんでいる。そのとたん、温かくてたくましい体が自分の体にぴったり押しつけられているのに気がついた。

「君は男とは寝ないのかと思っていたよ」くぐもるような声でキングが言った。

シェルビーは顔を赤らめた。「私……どうしたの？ なにがあったの？」

「君を引き離そうとしたが、できなかった」キングはぶっきらぼうに言うと、ポケットからたばこを取り出して火をつけた。そうしている間も、片方の腕でシェルビーを抱いている。そしてコーヒーテーブルの上の灰皿を引き寄せると、ソファにゆったりともたれた。

「ごめんなさい」シェルビーはつぶやいた。

キングの手が一瞬、シェルビーの体をさらに引き寄せた。「あやまることはない。君に触れているのはいい気分だよ。夜の間ずっと女性を抱いていたのは久しぶりだな」

「そんな」シェルビーはごくりと唾《つば》をのんだ。

「ひどいことをされたような声を出さないでくれないかな？」キングが不満そうに言った。「いいかい、シェルビー。僕も男だ。聖人君子ぶったことは一度もない」

シェルビーは赤くなった。「あなたが聖人君子だなんて、想像したこともないわ」

「そうかな？」キングは頭をかしげ、目を細めてシエルビーを見つめた。「僕がいかがわしい女と関係するような人間だとは、君は思っていない。そういう印象を受けたのは割合最近だったと思うが」

シェルビーはますます赤くなった。世間知らずの彼女は、キングの冷静な外観からして、内面的にも淡泊なのだと心底誤解していたのだ。

「僕が考えているのはまさにそういうことだよ」キングはつぶやいた。

シェルビーはキングのシャツの開いた襟元に目を落とした。「私があなたのことをあれこれ批判する立場にいるなんて思っていなかったわ」

「いずれにしても、君もあのことを考えていた」キングはシェルビーの顎を上向けて、まともに目を見つめた。「君は僕の書斎で、僕がどれほど熱くなれる人間かわかっただろう。ショックだったのかい、シェルビー？」

シェルビーは波のように押し寄せる恥ずかしさで、目をみはり、口を開けた。

キングは自分が上になるように体を動かして、シェルビーのほうへ身を乗り出した。ソファの背もたれに肘をついた手に握られたたばこは、くすぶったまま燃えつきようとしている。キングの黒い目はシェルビーの目を焦がしそうなほどの情熱で燃えあがった。

「メイドたちが……」シェルビーは小声で言った。

「これも彼女たちにとってはいい勉強になるだろう」そうつぶやきながら、キングは体をかがめた。そして唇で荒々しくシェルビーの唇をとらえると、痛いほど強く重ねた。そこでいったん体を離して、欲望をたたえた目を細めた。「そんなふうに口を閉じるな」彼は声を荒らげた。

シェルビーは冷たい手をおそるおそるキングの胸に押しあてると、形ばかりに拒むそぶりを見せた。

「キング……」華奢《きやしや》な体にぞくぞくするような快感

が押し寄せてくるのに、シェルビーはなおも不安げにささやいた。

「僕がどうしてもらいたいか、もうわかっているね、ハニー?」キングはシェルビーの気分をそそるような低い声で言った。

シェルビーの息が速く、不規則になり、彼女は自分の感情を支配するキングの不思議な力を憎んだ。それでもためらいがちに手を伸ばすと、少しまごつきながら、キングのシャツのボタンをはずした。こんなことをするのは初めてだった。彼の目をじっと見つめていると、激しく打つ心臓の鼓動に合わせて体もふるえてくる。シェルビーの手はだれに教わったのでもなく、自然になめらかな布地の下へすべりこみ、キングの温かな胸の上を動いた。

「こんな……こんなふうでいいの、キング?」シェルビーは自信なさそうにきいた。

キングはうなずき、無言のまま、人さし指でシェルビーのやわらかな口の輪郭をなぞった。「もっと強く」穏やかな声で言った。「僕に感じさせてほしい」

シェルビーは顔を赤らめたが、言われたとおりにした。指先に触れる胸毛のざらざらした感触、引き締まった筋肉のぬくもりが心地よかった。

キングはシェルビーの手をとって、激しく脈打つ自分の心臓のあたりに押しあてた。「君が僕にしていることを感じてごらん、シェルビー」声がかすれる。「愛を交わすとはこういうことだ。感じること。センセーションだ。なにも恐れることはないんだよ」

「ええ」シェルビーが目を閉じると、キングの唇がまぶたにかすめるように触れた。

「ふるえているね」キングは一瞬、体を持ちあげて、灰皿でたばこをもみ消すと、両腕をシェルビーの下にすべりこませた。そして両手で彼女の頭をしっかり押さえて、射すくめるような黒い目でじっと見つめた。「こわいのかい？」耳ざわりな声だ。「言ってくれ！」

その声のせっぱつまった調子に不安を覚えたものの、興奮状態にあったシェルビーはキングに嘘をつくことはできなかった。

「違うわ」シェルビーはせつなそうにささやくと、キングの顔をさぐるように、指でそっと触れた。「いいえ、違うの。キング、こわがっているんじゃないの……」

キングの胸が不規則に、激しく上下する。「だったら、それを証明してごらん」彼は頭を下げ、シェルビーの唇をとらえる直前に唇を開いた。「証明してくれ、ハニー」キングはシェルビーのふっくらとしなやかな唇に噛みつくようにして言った。

シェルビーはすすり泣きながら、伸びあがって、キングの口元に自分の唇を押しつけた。彼を求め、彼を愛していた。

キングも抑えがたいほどの切迫感に追いたてられるように、激しい情熱で応《こた》えた。突然、いつもの自制心があとかたもなく消え去ってしまったようだった。

シェルビーはキングの歯を感じ、舌を感じた。彼は彼女を意のままにできるようになると、無駄な肉がいっさいついていない手でやさしく、時間をかけて、彼女のやわらかくてしなやかな若々しい体を愛《あい》撫《ぶ》した。

シェルビーが一瞬、本能的に身をこわばらせると、キングは即座に体を離した。上気したシェルビーの顔を見おろす彼の目には、彼女がそれまで見たこともないなにかが浮かんでいる。

「やめてほしいのかい、シェルビー？」キングがやさしくきいた。

彼は私に選ばせようとしている。けれど、そんなことを私にゆだねてほしくない、とシェルビーは思った。彼女はキングの顔のしわをゆっくり、いとおしそうに目でたどった。

　シェルビーには最初からわかっていた。この場から逃げ出したいと思うことはないだろうと。こんなときは二度と訪れないかもしれない。キング以外の男性をこれほど愛することもないだろう。

　しかし、シェルビーが返事をしようと口を開きかけたとき、突然ドアが開く音がして、二人の間に漂っていたなごやかで親密な空気はたちまち消え去ってしまった。

7

　シェルビーはその場で体を起こし、キングは立ちあがって振り向いた。その瞬間、小柄なブロンドのメイドが部屋に入ってきた。シェルビーは頭がひどく混乱していて、朝食をどうするかといったささいな会話もほとんど耳に入らなかった。彼女は自分の身を守るようにカフタンを引き寄せ、ドアがふたたび閉まるまで、ソファに座ってじっとしていた。とにかくさっきの反動で、体中がふるえていた。中断されてよかったと思う反面、じゃまが入ったことにひどく腹が立ってもいた。それにしても、またもやキングの言いなりになってしまった。私はどうしてこうも懲りないのだろう？

「シェルビー……」キングが静かに口を開いた。

　シェルビーはしゃんと胸を張って立ちあがった。自分が現在この家にいる理由が、すべてを圧倒するような力で戻ってきた。

「お葬式を……」シェルビーはつぶやいた。「ブラッドに電話をして、いつ葬儀場で会うことにするか決めなくちゃいけないわ」

　二人の間に長い沈黙が訪れた。シェルビーにはキングが深々とため息をつくのが聞こえた。「僕がかわりに電話しよう。彼の番号を教えてくれ」

　シェルビーはうなずくと、ブラッドの電話番号をさがしにハンドバッグのあるところに行った。キングの声はいつものようにそっけなく、さっきまで見せていた感情の高ぶりはすっかり影をひそめていた。

　葬儀は悪夢のようだった。絶え間なくカメラのフラッシュがたかれ、新聞記者やゴシップ欄のコラムニストたちが四方八方から押し寄せて、シェルビーたちを質問攻めにした。それに加えて、マリアの死を悼む一般大衆のすすり泣きが聞こえてきた。葬儀場付属のチャペルでの短い式の間、シェルビーの片側にはブラッドが、反対側にはキングがずっと寄り添っていた。式場は収容人員いっぱいまで人が詰めかけ、生前故人と親しかった者たちが飾りたてた棺《ひつぎ》をかついで霊柩《れいきゅう》車へ向かうとき、外ではテレビカメラの列が待ちかまえていた。

　ちょうどシェルビーが黒いリムジンに乗りこもうとしたとき、一人の記者がキングにぶつかり、彼の正面で飛びはねた。「あ、失礼、カウボーイ殿」記者は横柄な態度で言うと、驚くシェルビーの鼻先にマイクを突き出した。「お嬢さん、マリアさんはハリウッド総合病院に運ばれたときにはもう亡くなっていたそうですが、その、睡眠薬ののみすぎとは、意図的なのみすぎということですか。それはほんとうですか？」

シェルビーはその記者を呆然《ぼうぜん》と見つめた。いきなり質問されて、まだ面くらっていた。葬儀を執り行う緊張からか、さらには押し寄せる群衆に押しつぶされそうになったせいか、彼女の顔は青ざめている。

ふと気がつくと、目の前にいる記者の背が急に伸びたように見えた。それはキングが男の襟首をつかんで、文字どおり、ほうり投げたためだった。キングは相手をまるで新型の病原体かなにかのようににらみつけると、低い声ですごんだ。「彼女にあと一歩でも近づいてみろ。おまえなんか働けないようにしてやるからな。いいか、坊や」

記者は自分より上背のある相手を憤然と見つめていたが、反撃に転じようとした瞬間、うしろにいたメモ帳を手にした記者にいきなり一発をお見舞いされた。「彼はキング・ブラントだぞ、間抜けめ！」小声でたしなめているのがはっきり聞こえてくる。「明日、失業者の列に並びたいのなら、そのまま続けていろ！」

マイクを持った記者はばつが悪そうに顔を赤らめると、ぶつぶつと謝罪の言葉をつぶやきながら姿を消した。

キングはシェルビーを車に乗せると、自分も乗りこんでドアを勢いよく閉めた。シェルビーの青ざめた顔を見て、けわしい目つきになる。

「あんなやつ、殴り倒してやればよかったな」キングは荒い息の下で言った。「なんともなかったかい？」

シェルビーは感謝をこめてうなずいた。「私たち……私たち、ブラッドを待っているべきだったわね」

「彼は埋葬には来ない」キングは静かな口調で言った。車が交通量の多い道に出ると、彼はシートにもたれ、じれったそうな手つきでネクタイをゆるめた。

「やれやれ、葬式は嫌いだ。とくにこういう葬式はごめんだよ。カメラのために大勢の人間がヒステリーを起こす」

シェルビーは涙があふれないように唇を噛《か》み締めた。赤くなった目を窓のほうへ向け、ぼんやり街路を眺めた。おおぜいの人々がいつもと変わらず行ったり来たりしている。

キングはシェルビーのほうへ手を伸ばすと、豊かな髪をつかんで引き寄せた。「君が考えているような意味で言ったんじゃない。君がお母さんを愛していることはわかっているよ」彼の口調はやさしかった。

シェルビーの口から嗚咽《おえつ》がもれ、涙が幾筋か流れた。「母にも愛してもらいたかったわ、ほんの少しでも」彼女はささやくように言った。「私はいつでも一人ぼっちのように感じていたの」

シェルビーは見なかったが、キングは歯ぎしりするように顎をこわばらせた。「これからは違う。もう一人ぼっちじゃないよ、シェルビー」彼は慰めるように言った。

シェルビーはキングの大きな手が自分の手を握り締めるのを感じると、ほっそりした指を彼のたくましい指にからめた。ざらざらした冷たい感触がもう大丈夫と安心させてくれるような気がした。

「ありがとう」シェルビーはささやくように答えた。

キングはシェルビーの手を握り締めた。「埋葬がすんだら、どうする？　どこかで軽い食事をするか、それともまっすぐ空港へ行くほうがいいかな？」

シェルビーはキングの顔を見あげた。「空港へお願い」

キングはうなずいた。「空港からブラッドに電話をして、こまごましたことの後始末を頼もう。ほかになにかしておきたいことはあるかい？」

「いいえ。今朝、ブラッドと母の弁護士の事務所へ行ってきたの。死亡広告を新聞に出す件は弁護士がやってくれるわ。家の売却も」

「君が相続するのじゃないのか？」キングは意外だというようにきいた。

シェルビーは首を振った。母が事実上一文無しで死んだことはキングに話していなかった。なんだか同情を誘うための泣き言のような気がしたからだ。もうそういうことは必要なかった。キングにもっともしてほしくないことだった。哀れみの情は愛情のかわりとしてはあまりにも悲しい。

「家に戻ったら、君を乗馬に連れ出そう」キングがいきなり切り出した。「君は心を空っぽにしなければいけない。それも早ければ早いほどいい」

「どうしてそんなに親切にしてくれるの？」シェルビーはやさしい口調できいた。

キングはきまり悪そうに肩をすくめると、窓の外へ目を転じた。「君にはだれかが必要だと思った。しかし、ダニーをこの件に立ち入らせることはできない。弟は弁護士としての仕事をしなければ暮らせないというわけではないが、それなしでは生きていけないと思っているらしい。スキャンダルに巻きこまれたら、関係のある町の法律家連中からうとまれることになる。あいつらは融通がきかないからな」

「あなたはきっとダニーを引きとめるだろうと思っていたわ」シェルビーは穏やかにほほえんだ。「私もそうしてもらいたいと思っていたの。彼の経歴にどういう影響があるか、その点は私にもわかるから」

「君の言うとおり、僕は弟をとめた。しかし、弟は僕をとめようとはしなかった」キングは黒い目を細めてシェルビーを見つめると、断固とした口調で言った。「僕は君のところへたどり着くためなら、地獄を通り抜けることだってしただろう」

シェルビーはしっかりキングと目を合わせたが、

彼のまなざしの強烈さに思わず吐息をついた。どうしても目をそらすことができない。まるで磁石のようにキングの目はシェルビーを引きつけて放さない。彼女は彼の両の目に読み取れるまぎれもない情熱を見て、ふるえた。

「君が欲しい」キングは強く訴えるように言った。

シェルビーは顔を真っ赤に染めて、目をそらした。心臓が喉元までせりあがるようだ。

シェルビーの指を包んでいたキングの指に力が入った。「うろたえないでいい。なにも君を床に引き倒して襲いかかるつもりはないから」

やさしく冗談めかしたキングの言葉に、シェルビーは弱々しくほほえんだ。「あなたにはそういうことを言ってほしくないわ」

「わかっているよ。だからこそ言うんだ」キングはシェルビーの手を自分の唇へ持っていった。「この話は牧場へ行ってからだ。それより気分はどうだ？いくらかよくなったかい？」

シェルビーはうなずいた。霊柩車が前方の小道でとまり、拡張を続ける共同墓地が見えてきた。母の墓はきちんと手入れのされたこの墓地におさまるのだ。これが最後のハードルなのね。そう思うと、なんだか皮肉な感じがする。これをすませば、すべてが終わる。もうすんだこととして、生きていける。シェルビーは覚悟を決めてドアの取っ手に手を伸ばした。

ブラント夫妻は戻ってきたシェルビーをうれしさと同情の入りまじった気持ちで歓迎し、たちまち牧場の一員に加えた。シェルビーはめだたないようにだが、できるだけキングといっしょにはならないように気を配った。なにかと口実を見つけてはケイトとあちらこちらへ出かけたり、キングが書斎で仕事をしている夜にはブラント夫妻と過ごすことにしたりした。ダニーは毎晩電話をくれるので、二人で長い間おしゃべりをする。シェルビーはダニーを引きとめておくのは申し訳ないと思うものの、それもキングの目に触れないための一つの方法だと割り切ることにした。電話が終わったあとは、ずっと自分の部屋にいられるからだ。

キングが仕事をしている間、書斎に来ないかと誘われても行かなかった。乗馬をしようと誘われても断った。そうするうちに、キングは日ごとに怒りっぽくなり、すぐにかっとするようになった。

キングが腹を立てていることはわかっていたが、シェルビーにはそうする以外、どうしようもなかった。彼は彼女を自分のものにしたがっている。彼自身がそう言った。しかし、実はキング・ブラントはもう望むものを手に入れているのと同じだった。シエルビーは、彼に頼まれれば決していやとは言えないことを自覚していた。それくらい彼を愛していた。だから、彼にそういうことを言わせないことが唯一の方法だった。そうするために、シェルビーは精いっぱいの努力をした。なんとかしてその週末までは、一分たりともキングと二人きりにならないで過ごすことができた。

だが、金曜日の夜になって、シェルビーの計画はすっかり頓挫《とんざ》してしまった。まず、ジムとケイトが夜、出かけると言いだした。そして、週末に帰ってくるはずのダニーは、電話をかけてきて、サンアントニオでメアリー・ケイトと会ってコンサートへ行くので、土曜日までは帰れないと言いだした。そういうわけで、シェルビーはキングと居間に同席するはめになった。キングは必要以上にくつろごうとしているように彼女には思えた。

「おびえているのかい、シェルビー？」ブラント夫妻が玄関を出るとすぐに、キングがなじるような言葉を浴びせた。

シェルビーはごくりと唾《つば》をのんだ。「ええ」かろうじて聞こえるくらいの声で答える。

キングは濃い眉を寄せた。「なにをおびえているんだ？」

シェルビーは勇気を出して顔を上げた。「あなたは自分が言ったことを忘れたの？」

「言った？ 僕がなにを言ったって？」キングは怒ったように問い返した。一瞬、考えていたが、すぐにしかめっ面が消えた。「君が欲しいって言ったことかい？」信じられないというような口調で言い、真っ赤になったシェルビーの顔を見て眉を上げた。そして短く笑った。「おやおや、僕がどういう意味で言ったと思っているんだい？ 夜、帳簿仕事をしているとき、君を机のうしろに引きずりこむとでも思ったのかい？」

シェルビーはあえぐように言った。「キング！」

「そうだったのか？」キングは半分空になったグラスを机に打ちつけるように置いた。ウイスキーが一滴、光沢のある表面に飛びはねた。「くだらない。君のおかげで頭がおかしくなるよ。まともに考えることもできない！ 無理強いするようなまねをして、僕が愛の行為を楽しめるとでも思っているのか？」

シェルビーの頬はさらに赤く染まった。

「それとも、君が恐れているのは、そういうことなのか？ つまり、僕に逆らえなくなるということか？」キングは容赦なく問いつめる。

シェルビーは顔を伏せた。キングの言葉を否定できず、両手を膝の上で感覚がなくなるほど強く握り締めた。

「困ったものだ」キングはものやわらかな口調で言った。

シェルビーの耳にキングが動く音が聞こえ、長くてたくましい脚が目の前に現れた。

キングはかがみこむようにして手を差し伸べ、シエルビーを立ちあがらせると腰に手をまわしてぐっと引き寄せた。「あんなふうに僕に許可を与えると、どれほど危険なのか、君はわかっているのか？」耳慣れない低い声が響く。

シェルビーは顔を上げ、たちまち傷ついてしまいそうな大きな目をキングのさぐるような目と合わせた。

細いウエストにまわされたキングの両手に力が入る。ついで、いきなりかがみこんで、開いた口でシェルビーの唇にそっと払うように触れた。シェルビーはなかば閉じた目でまっすぐキングの目を見つめながら、爪先立ちになって、不思議と気分を高揚させてくれたキスのお返しに、自分からさらに近づいた。

シェルビーはキングの胸が自分の指の下で異常なほど激しく上下するのに気がついた。彼の手にますます力が入って、痛いほどになり、シェルビーはうめき声をもらした。

キングはシェルビーを押しやると、くるりと背を向け、自分の飲み物がのっている小さな机のほうを向いた。「ここを出よう。そのほうがいい」彼はきっぱりと言った。「なにか気のきいた服に着替えておいで。町の中心地区に新しくできた、こぢんまりしたレストランへ連れていってあげよう」

「ええ、わかったわ」シェルビーは息をはずませながら言った。もう少しで部屋から逃げ出すところだった。

ブラントビルの人口から考えると意外な感じがするが、そのレストランはシェルビーが行ったこともないほど贅沢《ぜいたく》な場所だった。テーブルには真っ白い麻のクロスがかかり、びっくりするほど値段の張るワインリストが出てきた。キングはとまどったような表情を浮かべるシェルビーをおもしろそうに眺めた。

「こんな土地に高級レストランがあるとは思っていなかったらしいね、お嬢さん？」キングはワインリストごしにからかうような視線を投げかけた。

シェルビーははにかむようにほほえんだ。「ええ、ほんとうに思いもしなかったわ」

キングはほほえみを返したが、今度はからかいの色はまったくなかった。シェルビーの心臓は早鐘のように激しく打ちだした。

「ワインはどういった種類が好みかい？」キングがやさしくきいた。

「なんでもいただくわ」シェルビーはつぶやくように答えた。

「好みはないのかな？」キングが目を細めた。「君を酔わそうなんて魂胆はないから安心していいよ、シェルビー」

「あなたがそんなことをするなんて考えたこともないわ」シェルビーは言い返しながら、その大きな目を懇願するようにキングに向けた。「キング、私たち、ただ食事だけを楽しむことはできないの……」

キングの表情がやわらいだ。「さあ、リラックスして、ハニー」そう言って、たばこに手を伸ばした。「今夜はなんだかいらいらする。だからといって、君に喧嘩《けんか》をふっかけようというわけじゃないがね」

いらいらしているですって？　そんなふうには見えない。キングはシェルビーが不審そうな表情を浮かべたのを見てとったのか、にっこりほほえんだ。

「僕も人間だよ、ハニー」キングは静かに言った。「心に思うことがあれば、みんなと同じようにいらつきもするさ」

「なにか私にお手伝いできることはないかしら？」シェルビーは深い考えもなく言った。

「僕が今、君に手伝ってもらいたいと考えていることを、君が進んでしてくれるとは思えないな」その言葉に、シェルビーは頬を染めた。それを見て、キングはくすくす笑った。「ずいぶん勘がいいね、ミス・ケイン。僕が今、考えていることをずばり推測できるとは」

「そんな、やめてちょうだい！」シェルビーは当惑した。

「君は愉快なおちびさんだ」キングは子供を相手にでもしているように鷹揚《おうよう》な調子で言った。

「私、そんな……」シェルビーはやんわり言い返そうとした。

「そうだ。君はそんなじゃない」キングは自分でも否定し、シェルビーの空色のワンピースに視線をさまよわせた。そして、最後にはV字形に切りこまれた襟元を見つめた。「君は立派な女性だ。君を見るたびに僕の血圧ははねあがる」

シェルビーははっと息をのんだ。「キング」たしなめるように言うと、そわそわと周囲を見まわした。まるでだれかに見られているとでもいうようなそぶりだが、二人を見ている人間などどこにもいなかった。

「僕を見てごらん」キングが言った。

シェルビーはキングのさぐるような視線と出合ったとたん、心臓がどきどきするのを感じた。

「あの朝、君のお母さんの屋敷でメイドにじゃまされる直前、僕になにを言おうとしていたんだい？」キングは落ち着いた低い声で言った。

シェルビーは白いテーブルクロスに目を落とした。テーブルの真ん中に置かれた赤いろうそくがやわらかな光を投げかけている。

「それとも、とくになにかを言おうとしていたわけではないのかい？」口調は穏やかだが、キングは執《しつ》拗《よう》に問いかける。「あのとき、僕たちに言葉なんかいらなかった。そうだろう？」

「ええ」シェルビーは動揺しながらも、小さな声でつぶやいた。「いらなかったわ」

キングはテーブルごしにシェルビーの手をとると、指先でそっと愛撫《あいぶ》しながら、じっと彼女の目を見つめた。「家に帰ったら」低い声でささやいた。「君を居間へ連れていって、ドアを閉める。もう一度やり直そう」

そのときのことを考えただけで、シェルビーの心臓は死にそうなほど激しく打った。無意識のうちに、彼女は形のよいキングの唇に視線を移し、その唇が自分の唇に触れたときのざらざらした感触を思い出した。

ウエイターが現れて、シェルビーは返事をしそびれてしまった。それからはできる限り食事に神経を集中させていたが、レストランを出たとたん、いったいなにを食べたのか、そんなことすら思い出せなかった。

牧場へ戻る車中、キングはずっと無言だった。二人の間の沈黙をうめるかのように、ラジオから官能的な音楽を流しつづける。

玄関のポーチに立つときになって、ようやくキングは口を開いた。「今言ってしまうほうがいいだろう」彼は落ち着いた口調で言った。「僕はゲームをする気はない。あの部屋に君を連れていけば、当然火がつくことになる。その火を消す方法は一つしかない。どういう意味かわかるかい?」

シェルビーは唇をふるわせたまま口を開いた。無意識のうちに訴えかけるようなまなざしでキングを見あげる。

キングはなにも聞かなくてもわかっているというようにうなずいた。人さし指でシェルビーのふっくらとやわらかい唇の輪郭をなぞり、皮肉っぽくほほえんだ。

「一カ月前、いや、一週間前ですら、僕は君から奪うものがあればなんであれ、ためらうことなく奪っていただろう。ところが、いざ手に入れることができるとわかったとたん、それを自分のものにする勇気がない。まったく、君という人は、僕にどんな手を使ってこんな気持ちにさせるんだ？」

シェルビーはただただキングを見つめていた。大きな目を見開いて、カンバスに大好きな絵を描いているように、キングの顔を写し取っていた。

キングは重々しくため息をつくと、シェルビーを自分のほうへ引き寄せた。キングからはいかにも彼にふさわしい高価なオリエント風のコロンとたばこのにおいが香った。

「おやすみのキスをしたら、そのままベッドへお入り。そのほうがいい」キングはなかばからかうように、なかば怒ったような口調で言った。「君が僕の周囲に張りめぐらしているこういう蜘蛛《くも》の糸を、僕は自分でいいと思っているのか、さっぱりわからないよ」

「なんのことを言ってるの？　ちっともわからないわ」シェルビーはくらくらする頭で考えた。これは現実に起きていることなのかしら？　それとも、ただワインがまわってきただけなの？

「僕にもわからないんだ」

キングはシェルビーを爪先立ちにさせると、唇を使ってたくみに彼女の口を開かせた。そうしながら、たくましい腕をまわしてやさしく抱き寄せた。不思議な感じのするキスだった。さぐりを入れるような、満たされぬ思いに突き動かされるような、さらには調べつくそうとするかのようなキス。しかし、今度のキスには情熱はかけらも感じられない。キングは自分のために世界中から集められた宝物が詰まっているとでもいうように、シェルビーの口を激しく痛めつけた。

キングの唇はシェルビーの頬をかすめながらやわらかい耳たぶへ移動し、そこを軽く噛んだ。シェルビーの両腕にぞくっとふるえが走った。

　キングが体を離すと、シェルビーは両腕を伸ばしてすがりついた。それをキングはやさしく、それでもきっぱりと引きはがした。そしてシェルビーの両手を自分の胸元で握ると、ポーチの薄明かりの中で、彼女の顔をしげしげと見つめた。

「もう寝なさい、シェルビー」キングはやさしく言った。「僕はプラトニックな関係を続けるには年をとりすぎているよ」

　シェルビーは目をきらきらさせて、にっこりした。

「あなたは年寄りなの？」

　キングは鼻筋のとおった顔をシェルビーに向けた。

「今この瞬間は十六歳に戻ったような気分だ」まじめな顔で言った。「しかし、僕は三十二歳だよ、シェルビー」

「知ってるわ」

　キングはシェルビーの鼻の先にキスをした。「おやすみ、ベイビー」

「キング……」シェルビーはそっと言った。

　キングは首を振ると、シェルビーのつややかな髪を一房つかんだ。「さあ、もう行きなさい」

　シェルビーはほほえむと、踵《きびす》を返して家へ入った。自分の部屋まで行くのに、これほど長くかかると思ったことは一度もなかった。

　翌朝、シェルビーは瞳をきらめかせ、わくわくしながら階下へ下りてきた。特別あつらえのきちんとしたジーンズに、黒い髪を引きたてる白いタンクトップを身につけている。食堂へ向かって廊下を進みながら、期待に胸をはずませていた。キングに会うことを恐れながらも、会いたくてたまらなかった。もしも昨夜のことはただの夢で、現実には彼の目に以前のような冷たい影が浮かんでいたら、どうしよう？

シェルビーはドアを開けて、優雅なたたずまいの食堂へ足を踏み入れた。テーブルの端に座っているキングが目に入った。しかし、一人ではない。ブルネットの長い髪の女性が振り向き、うるんだ青い目でシェルビーに冷ややかな視線を向けた。

「あら、こちらはどなた？」その女性はあざけるような微笑を浮かべた。「ダニーの一番新しいお相手？」

「シェルビー・ケインだ」キングはシェルビーを紹介すると、椅子に深くもたれて、彼女のほっそりした姿をすばやく値踏みするように見つめた。「シェルビー、こちらはジャニス・エドスンだよ」

「キングの一番新しいお相手というわけなの」ジャニスはキングをほれぼれするように見あげながら付け加えた。「私、しばらく町を出ていたの。そうでなかったら、もっと前にあなたにも会っていたわね、シェルビー。あなた、あとどのくらい私たちのところにいるつもり？」

夢がすっかり悪夢になってしまったようだった。それでも、シェルビーはそんな気持ちはみじんも顔に出さなかった。

「ほんの数日のつもりです」シェルビーはドアのそばに立ったまま、答えた。これ以上一歩でも中へ踏みこむつもりはなかった。少なくとも今は。

「シェルビーのお母さんが今週初めに亡くなったんだ」キングが静かに言った。「それでしばらく、ここに滞在している」

「お母さん？」ジャニスは数秒間、シェルビーの顔を見つめた。「ケインって言ったかしら？　では、お母さんというのはマリア・ケインのことね？　まあ、そうだったの。こんなところに映画スターのお嬢さんがいるなんて！　私、ハリウッドのゴシップ欄は全部読んでるわ、趣味なの。映画も好きよ。あなたは？」

シェルビーは居心地悪そうに唾をのみこんだ。自分より何歳か年上のこの女性は猫のように意地が悪い。こんなところで、あの真っ赤な爪で八つ裂きにされたくはない。

そのときのシェルビーは、自分では気づいていなかったが、まるで駆りたてられた子鹿《こじか》のようだった。顔を赤らめた彼女を見たキングの目に、激しさを秘めた影がよぎった。

「君には悪いが、今朝はシェルビーを乗馬に連れ出すことになっているんだ」キングはテーブルから離れながらジャニスに向かって言った。「来る前に電話をしてもらえればよかったんだが。午前中はずっとふさがっていてね」

「でも、私、帰ってきたばかりで……」ジャニスはかわいらしいしぐさで口をとがらせた。

「夕食に来ればいい」キングはうっかり口をすべらせた。

しかし、ジャニスにはキングの本心など通じなかった。彼の言葉を聞いたとたん、ぱっと顔を輝かせた。「まあ、うれしい！　喜んで！」

「では、六時ごろに」キングは言った。

「ええ、わかったわ！」ジャニスはシェルビーのほうへ意地悪そうな視線を向けながら、うきうきと答えた。

キングはシェルビーの腕をとり、ドアを抜けて、ポーチに出ると、うしろ手にドアを閉めた。

「私……その、馬に乗れるような格好をしていないわ」シェルビーは口ごもりながら言った。

キングはシェルビーの顎を持ちあげて、自分の目を見つめさせた。「僕に関心がなくなったなんて言わないでくれよ」やさしく言った。

シェルビーの顔に笑みが広がった。傷ついた心がなごんでいく。「あの……私なら、一人でも大丈夫よ。私を楽しませなければ、なんて責任を感じる必要はないわ」

「自分の気持ちが正確にわかっているかどうかはあやしいが」キングはまじめな顔で言った。「これだけは、はっきりしている。責任感から言っているのではない。いいね、シェルビー。さあ、行こう」

「ほんとうに時間が割けるの？」シェルビーはなだらかに起伏する広大な草原を、長年にわたって馬に踏みつけられてできた道をたどりながら、キングに問いかけた。

キングは考えこむようにしていたが、にっこりして言った。「いや」そして、カウボーイハットのつばの下からシェルビーをちらりと見た。「ほかに質問は？」

山ほどある。それも全部ジャニスについて。けれども、シェルビーはなにもきかなかった。そして、空まで続いているように見える草原で、のんびり草を食《は》んでいる赤毛のサンタ・ガートルーディス種に注意を転じた。

「嫉妬《しっと》かな、シェルビー？」キングはいきなりそう言うと、手綱を引いて馬をとめ、たばこに火をつけた。

シェルビーは感情をコントロールするすべを身につけていた。「あなたに？」冷静な声できく。「私のためにあなたの時間を割いてほしいなんて言う権利、私にはぜんぜんないわ」

キングは顎をこわばらせた。「いったいどういう意味だ、その返事は？」

シェルビーは上目づかいにキングをちらっと見た。「どういう意味もなにも、あなたへの返事はこれしかないの」

キングは本心とは裏腹ににっこりした。「こいつめ。参ったと言わせてやるぞ」

「まだだめよ」シェルビーは言い返した。「まだ牧場を全部見せてもらっていないわ」

キングは考えこむようなまなざしでじっとシェルビーを見つめながら、たばこの煙を吐き出した。煙はらせんを描いて空にのぼっていく。「ほんとうに牧場に興味があるのかい？」

その質問はシェルビーをびっくりさせたが、彼女は正直に答えた。「ええ、あるわ」

「あの晩……君は西部の歴史について書かれた本を眺めていたね」キングはその晩のことを思い出すようにつぶやいた。

「子供のころから西部の歴史は大好きだったの。西部を舞台にした小説を手あたりしだいに読んだわ。とくにジョージアに戻らなければならなかったころはね。モデルの養成コースをサンアントニオで受けたのは、アラモ砦《とりで》とか歴史的なものがたくさんある土地だったからよ」

「牧場もそうだろう？」

「最初に読んだのは、アンクル・ジョン・チザムとジングルボブ農場のことが書いてある本だったわ」シェルビーはにっこりして言った。「牛を移送するためのチザム・トレイルがブラントビルの真ん中を通っていたこと、知ってた？」シェルビーは興奮気味に尋ねた。

キングはたばこを吸いおわると、吸殻を土埃《つちぼこり》の中に投げ捨てた。「さあ、出かけよう」なにが気にさわったのか、急にいらだたしげな口調になった。「ここのツアーを終えたら、帳簿仕事に取りかからなければならないんだ。山ほどあるからな」

シェルビーはもの珍しそうにキングのあとをついてまわった。その間、所有する純血種の家畜や、空調設備の整った区画を見せてくれるキングの穏やかな横顔を警戒するように見ることを怠らなかった。

キングは牧場で自分が成し遂げたことを誇りに思っ

ている。シェルビーと並んで馬を進ませながら、彼は給餌《きゅうじ》や育種について改良すべき点をこまごまと説明した。

「少し休もう」川のそばまで来ると、キングが言った。「馬に乗るには日が高くなりすぎたよ」

　シェルビーはキングのあとから、川岸にそびえる樫《かし》の木陰に入っていった。そこで馬を降り、並んで腰を下ろすと、キングが馬具部屋からとってきてくれた、頭に合わない麦わら帽子を脱いだ。

「この帽子、しっくりこないわ」シェルビーはつぶやくように言った。

「僕に文句を言わないでくれ」キングは楽しそうに言った。「帽子をかぶらないよりはましだろう。そんなことは君だってわかるはずだ」

「日射病になったことなんてないわ」

「日よけをおろそかにして、日射病になった例はいやというほど見てきたんだ」キングは木にもたれると、長い脚を伸ばして交差させた。そして帽子を目深に引き下ろし、つばの下からシェルビーをちらりと見た。「自分から災難を招いているようなものだ。わかっているのか？　この命知らずが」

　シェルビーはキングのたくましい脚を包む色あせたジーンズに視線を落とした。「ちょっと刺激のあることをしたからって、どうということないわ」

「僕の考えでは、カヌーで急流を下るのは〝ちょっとした〟刺激とは言えないね。君は生きている実感が欲しくて、そんな危険を冒そうとするのかい、シェルビー？　それは男を相手にして味わえない興奮のかわりなのか？」

　シェルビーは顔をそむけた。「自己分析なんて役に立つとは思っていないわ」小声で言った。

「それでも、してみるべきじゃないかな、ハニー」

シェルビーが黙ったままでいると、キングは手を伸ばして荒々しく彼女をつねった。「くよくよ考えるのはよすんだ」シェルビーが飛びあがると、キングは言った。

「くよくよ考えてなんていないわ」シェルビーは川面《かわも》へ目を向けた。木々の間を流れる水は岩にぶつかりながら、ごうごう音をたてている。「この川を見ていると、ジョージアのチャタフーチー川を思い出すの。チェロキー・インディアンの言葉で〝花咲く岩〟という意味なのよ」

「君のおばさん、つまり君を育ててくれた人はどんな人だった？」いきなりキングがきいた。

シェルビーはにっこりして話しはじめた。「いじめられたがらがら蛇みたいに気むずかしいの。人生で毛嫌いしているものが三つあったわ――男の人、環境汚染、それから妹」

「君のお母さんのことかい？」

シェルビーはうなずいた。「母とおばのジェーンは、なにからなにまで、春と秋のようにまったく違っていたわ」彼女は地面に落ちている茶色の枯れ葉をもてあそんだ。「おばは戸外でなにかをするのが好きなの。庭造りや泳ぎを教えてくれたわ。狩りもそうよ。猟銃の扱いだって、だれにも負けなかったわ」

「君も銃を使えるのかい？」キングが関心を引かれたようにきいた。

「私はためしに撃ってみるのだってこわかったわ」シェルビーは恥ずかしそうにほほえんだ。「だって、騾馬《らば》に蹴《け》られるような反動がくるし、世界の終わりみたいな音がするんですもの。今でも銃は少しこわいわ」

「僕がライフルの使い方を教えてあげよう。僕のは軽いし、ほとんど反動もない。秋になったら、うさぎ狩りに行こう」

「ディズニーの『バンビ』に出てくるようなうさぎを撃つの？」シェルビーは大声を出した。

キングは苦虫を噛みつぶしたような顔をした。

「なにを言うんだ、あれはおとぎばなしじゃないか」

「違うわ」シェルビーは言い返した。「かわいそうに、ちっちゃなかわいい、ふわふわうさちゃん……」

「そいつはうまいぞ」キングは意地悪そうに言う。「野外のキャンプファイアでローストするんだ。一度でもそのやわらかなふわふわうさちゃんを味わったら、君だって見るたびによだれをたらすよ」

「野蛮ね！」シェルビーはなじった。

キングは帽子をとると、わきへほうり投げた。そして力強い手を突き出し、万力のような力でシェルビーの手首をつかむと、自分の温かく、たくましい体の上へ引き倒した。それから片方の腕をずらしてシェルビーを自分の胸に押さえこんだ。

「それはなんのことだい？」キングが愉快そうにきく。

「だって、キング……」シェルビーも笑いながら言い返す。

キングはシェルビーのつややかな、くせのない髪に手をからませると、いきなり自分の肩へ彼女の頭を引き寄せた。「だって、キング……なんなんだい？」彼はシェルビーの言葉を繰り返して、からかいながら、ゆるくカーブを描く彼女の唇に視線を落とした。

「あ、あの……あなたが野蛮人だとは思わないわ」

「手遅れだよ、ハニー。人はだれでも自分の犯した罪の償いをしなければいけない」

シェルビーは近づいてくるキングの口のきりっとした輪郭を見つめながら、彼の唇に向かってあえぐような吐息をもらした。そして薄手のコットンシャツの上から、片手で彼の胸に軽く触れた。まるで火に触れてやけどをするのを恐れてでもいるように、ためらいがちに。

「君に触れてもらうのはすてきだ」キングは荒い息の下から言った。「そんなにこわごわしなくてもいい」

「やわらかなふわふわうさちゃんを食べるのが好きな男性なら、なんでも大丈夫ね」シェルビーは声をひそめてからかった。

「それより、今、君を味わうほうがいい」キングはシェルビーの唇に向かって言った。

キングにしっかり抱かれたシェルビーは心からくつろいで、彼の飢えた唇の望むがままにさせた。そしてキングのシャツの模様を指でたどっていると、彼はのろのろとそのボタンをはずし、黒い縮れ毛におおわれた、温かくて湿った胸にシェルビーの手を導いた。

キングは自分の体にあてがわれたシェルビーの手を見おろした。その黒い目は官能的な喜びに輝いている。

「ああ、君はのみこみが早いね」キングはかすれた声でささやいた。

シェルビーの両手がすべるように上がり、キングの首にまわされた。彼女は背伸びをして、やさしく、心をこめてキングの唇に唇を重ねた。「あなたにキスするのが好きよ」彼女はとうとう白状してしまった。

「僕も好きだよ、ハニー」キングはシェルビーの開いた口へ向かって言った。「もう満足したかい?」

「まだだめよ」シェルビーは息をついた。

「それはけっこう。僕もまだだからね。さあ、おいで」

シェルビーはキングの体の重みを感じると同時に、それまで味わったことのないすばらしい気分に包まれた。目を開いて、樫の枝にこんもりと茂る葉のかたまりに見入った。と思うと、キングの唇が耳から顎へ、さらにはやわらかな喉へと動くのを感じた。

たとえ世界が今終わったとしてもかまわない。そう思えるほど満ちたりた気分だった。今まさに、自分の腕の中には、望んでいたすべてがあるのだから。

　キングはすべてを彼にゆだねているシェルビーの目を見おろした。彼を熱烈に思っている気持ちを隠そうともしない。キングは深く息を吸った。「シェルビー」やさしくささやく。

　シェルビーはキングの口のゆるやかな曲線に沿って指を這《は》わせた。「ここへ連れてきてくれてありがとう」彼女はささやいた。「私のようすを見に来てくれたことも、とても感謝しているわ」

　キングはシェルビーの指にそっと唇を持っていった。「あの晩の君の姿は生涯忘れられないだろう」口調もやさしい。「あんな事態になっていたのに、なぜ電話をくれなかったんだ？」

「だって……私、あなたのお気にいりのリストには入っていなかったでしょう」

　キングは思わず大きなため息をついた。「そう、そうだった。君はダニーと結婚するものとばかり思っていた……」彼の目がまっすぐシェルビーの目をとらえた。「しかし、だからといって、君の力になりたいという僕の思いが阻止されることはなかった。そうだろう？」

　シェルビーは首を振るばかりだったが、キングがなにを言おうとしているのかを考えていた。「あなたに会えて、とてもうれしかったわ」

「それは僕にもわかったよ」キングはシェルビーの目をさぐるように見た。「君は僕の腕の中で眠ってしまったね」

　シェルビーの頬にさっと血がのぼった。それでも、彼女は目を伏せなかった。「ずっと朝まで」小声でつぶやく。

　キングが前かがみになって頭を下げた。「僕は眠りたくなかった」そうつぶやきながら、口でシェルビーの口を見つけ、やさしく、ゆっくり、いつくしみ、隅から隅まで調べつくすように愛撫した。その動きに誘われるように、シェルビーの口からうめき声がもれた。

「キング……」シェルビーがささやく。

そのとたん、いきなりキングは体を回転させながらシェルビーから離れて起きあがり、帽子に手を伸ばした。「起きろ、お嬢ちゃん。さあ、行こう」

「行くって、どこへ？」おろおろするシェルビーを、キングは有無を言わせず引っ張りあげた。彼女は帽子をかぶるのもそこそこに立ちあがった。

「銃の撃ち方を教える」

「でも、お仕事があるんでしょう？」

キングは苦い顔をしてシェルビーにちらりと視線を向けた。「いっしょに打ちこめるものがないとなると、君は僕に仕事をさせたがるというわけか」

シェルビーは声をたてて笑った。その笑い声は木の間を妙《たえ》なる調べのように響き渡り、彼女は生まれてこのかた、これほどの幸福感に満たされたことがあっただろうかと思った。まるで踊ったり、歌ったりしているような気分だった。

キングはシェルビーの腰をつかむと、彼女の明るさにつられるように、一瞬、唇を彼女の唇に押しつけた。そして彼女を鞍《くら》へ押しあげた。

「競争よ」シェルビーは戦いを挑んだ。

「負けるものか」そう言ったかと思うと、キングはひらりと鞍にまたがった。そして結果は彼の言葉どおりになった。

キングが貸してくれたライフルは扱いがやさしく、シェルビーは自分に素質があるらしいと気がついた。母屋の背後に広がる木立の中で、キングが据えつけた標的に命中させると、彼女は声をたてて笑った。

「やったわ！」黄色く塗られた的を見てにっこりし

ながら、シェルビーは信じられないというように首を振った。「射撃の名人だったアニー・オークレーもびっくりね！」

「まだ有頂天になるのは早いよ」キングが警告する。「これはビギナーズラックだ。ちゃんと的をねらってもいないじゃないか」

「あら、ねらったわ。十字線に合わせて」

「そうは思えないね！」

「ほんとうよ！」

キングはシェルビーの背後へ行き、両側から手をまわして、眼鏡照準器を目と水平になるように支えてやった。

「こうやってねらいを定めるんだ。わかったかい？」シェルビーはキングのぬくもりとたくましさを背中で感じた。

「ええ」返事をしたものの、キングを意識して、シェルビーは息もつけないほどだった。的にもあまり気がまわらない。自分の体のあちこちに触れる彼の引き締まった体から、ぬくもりが伝わってくる。さらに、コロンの香りが鼻を刺激する。自分の頬に彼のざらざらした頬が触れるのを感じたとたん、膝から力が抜けそうになる始末だった。

「気持ちが入っていないね、シェルビー」キングがささやいた。

シェルビーは目を閉じた。「ええ、わかっているわ」

「僕も同じだよ」キングはものやわらかな低い声で言った。「君を振り向かせて、そのかわいい口をくまなく味わいたい気分だ。頭から爪先まで、君の感触を確かめたい……」そこまで言うと、彼はシェルビーから体をもぎ取るようにして離れた。表情はこわばり、顎は鋼鉄のようにこわばっている。

キングはたばこに火をつけると、顔をしかめ、シェルビーの上気した顔をじっと見つめた。あたりには鳥が鋭く呼び交う声と、風にそよぐ松の若木がきしむ音しか聞こえない。

「君にはどういう事態になっているのか、わからないのか、シェルビー？」キングは詰問するように言った。「いっしょにいる時間が長すぎた」

「そんな……私のほうから頼んだわけじゃないわ」シェルビーは念を押すように言った。

「そんなこと、僕だってわかってるさ！」キングはたばこの煙を長々と吐き出した。「君を家まで送り届けよう」

8

シェルビーの耳にはその言葉がおぼろげにしか届かず、最初はなんのことだかわからなかった。そのあとすぐに、驚くほどはっきりとその意味するところを理解した。

「私を……家へ送り届ける？」シェルビーは力なく繰り返した。

キングはいらだたしげにため息をついた。「僕は君が欲しい。そのことを考えたら眠れなくなるほどだ。これではっきりしただろう？」彼はざらつく声でどなるように言った。「僕はこのうえなく自由を愛している。それを、ここに来た最初の月に羽を壊すような傷つきやすい蝶々《ちょうちょう》のためにあきらめるつもりはない」

シェルビーは、キングのけわしい顔から、開いたシャツの襟元へと視線を這《は》わせた。「私からなにかを頼んだことはないのよ」彼女は小声で言った。

「そのとおり。君に頼まれたことはない。しかし、君があと一週間ここへ滞在すれば、僕のほうが我慢できなくなる。君に触れるたびに……」キングは深深と息を吸った。「楽しかったよ、シェルビー。君はジャニスがいない間の空白をうめてくれた。しかし、彼女が戻ってきた今となっては、もはや僕に気晴らしは必要ない」むごいことを言っているのを承知で、彼は付け加えた。

シェルビーには世界が頭上から崩れ落ちてくるように感じられた。やっとのことで唇から言葉を押し出した。「わ、私……明日の朝、発《た》つことにするわ」消え入るような声で言った。

キングはうなずいた。「僕が駅まで送っていくよ」静かに言った。「それとも、君が望むなら、空港まで送ろう。君しだいだ。出発前に食事をおごるよ」

食事をおごるよ……これがシェルビーの人生なのだ。いつもこういうはめになる。母親は長いこと、高価なプレゼントでシェルビーの愛情を買おうとした。今、キングは彼女の傷ついた心を金で償おうとしている。

シェルビーはふいに吐き気に襲われ、目を閉じて顔をそむけた。「私を買収する必要はないのよ」ふるえる声でささやいた。

「ああ」キングの声はいつもと違って、奇妙に響いた。「そんなことはしていない」

シェルビーは暗い森にキングを一人残して、家へ向かった。キングはシェルビーの姿が見えなくなるまで、彼女の足取りを見守っていた。

琥珀《こはく》色のカクテルドレスを着たジャニスは目が覚

めるほど美しく、キングは彼女を人生で一番大切なもののように扱った。テーブルでは自分の隣に座らせて特別の存在であることを見せつけ、両親のとまどいを無視して、その夜はずっとこのブルネット美人に取り入っていた。

シェルビーは食後の居間で、なんとか二人を無視しようとしたが、とうてい不可能だった。ジャニスはキングにぴったり寄り添い、まるで彼の一部に見えるほどだった。シェルビーの心は鋭利な刃物でえぐられるように激しく痛んだ。

やがてキングが庭を見せると言ってジャニスを外へ連れ出すと、ケイト・ブラントが慰めるようにシェルビーの手をそっとたたいた。

「あなたがいなくなるのはとても残念だわ」ケイトはやさしく言って、キングとジャニスが消えた中庭へ向いた窓へ視線を走らせた。「キングに聞いたのよ。でも、理由をきいても、なにも言わずに行ってしまったの。どうしてなの、シェルビー？」

「私がこちらへ来たのは、ここで元気を取り戻せばいいとキングが言ってくれたからなんです」シェルビーは小声で答えた。「もう元気になったと彼が判断して、それで、彼に……帰るように言われたんです」

「まあ、そんなことが」ケイトはあっけにとられたようすで言った。

シェルビーは情けなさそうにため息をついた。

「でも、それだからといって、私が帰りたくないと思っているわけではないんです」彼女はあわてて付け加えた。「仕事に戻れば、気分も晴れるでしょうけど」

「でも、お母様が残されたものが……」ケイトの声が大きくなった。

シェルビーはほほえみながら首を振った。「なにもありません。ある意味、それでよかったと思います。母は自分のお金で人生を楽しみました。私を一生養うのは、母の責任ではありませんから。私は私で生きていかなくてはなりません。母がそうしたように」

「まあ、そうなの」ケイトはやさしく言った。

「もう二階へ行って荷造りをしようと思います」シェルビーは立ちあがった。「時間も遅いですし、あまり気分がよくないので」

「ええ、ええ、そうでしょうとも。あなたの顔を見ればよくわかりますよ。あなたのつらい気持ち、私にもわかるような気がするわ。息子の目がちゃんと開いていればいいのにね」

「ジャニスはキング好みの女性です」シェルビーはつぶやくように言った。「落ち着きがあって、洗練されていて、そのうえ自信もあります。私にはどれも欠けているものです。私の取り柄といえば、顔だけですもの。それだって、しわが出はじめたら、仕事もなくなってしまいます」彼女は寂しそうにほほえんだ。「ときどき、自分が醜く生まれたらよかったのに、と思います。そうすれば、少なくとも男の人は、私のことを、頭も感情もない、おしゃれな服をまとったお人形だなんて誤解しないでしょうから。キングにとって、私なんて、きれいなファッション写真と同じにしか見えないんです」

「まあ、シェルビーったら」ケイトの目がやさしく輝いた。「こんなことにならなかったらよかったのに。つくづくそう思うのよ」

「ダニーは今夜帰ってきますか？」シェルビーは唐突にきいた。

「それがね、今日の午後も遅くなって電話をしてきて、メアリー・ケイトが週末をサンアントニオで女友達と過ごしているので、二人は明日、ほかのお友達といっしょに山へ行くことになったそうなの」

シェルビーはがっかりした。だれかに話を聞いてもらいたかった。たぶん、イーディならアパートメントにいるだろう。シェルビーはうなずいた。「私、今でもわからないんですが、どうしてダニーは私たちが婚約しているふりをしたがったんでしょう？　彼は心からメアリー・ケイトを愛しているのに」

ケイトはため息をついた。「話せば長くなるわ。でも、いつかきっとあなたにお話しできるようになるでしょう。それより、キングが飛行機であなたを送り届けるのかしら？」

「いいえ、そうじゃありません！」シェルビーは顔を赤らめて、即座に打ち消した。

ケイトはもっともだというようにうなずいた。

「それなら、私が町まで送っていくわ、シェルビー。それで飛行機に乗せてあげる。いいわね？」

「ありがとうございます」シェルビーは心から礼を述べた。

「あなたにはもっとここにいてもらいたいわ。また来てくれるわね、じきに」

「ええ、もちろんです」二度と来ることはないだろうと思いながらも、シェルビーは礼儀正しく答えた。

シェルビーが廊下に出ると、ちょうどキングとジャニスが戻ってきたところだった。キングはブルネット美人を自分のほうへ引き寄せている。彼の顔には薄いピンクの口紅が盛大についていた。キングはシェルビーのやつれた顔に気がつくと、片方の眉を上げた。

「もう寝るのかい？」キングは冷ややかな口調できいた。

シェルビーはうなずいた。「え、ええ……もう遅いし、明日の朝は早く発たなければならないので。今度〈ジョマール〉の秋物のショーのお仕事をすることになっているの」

「〈ジョマール〉ですって！　まあ、すてき」ジャニスがうっとりするように言った。「私、彼のデザインにあこがれているの」

「ええ、ほんとうにすてきね」シェルビーも認めた。「でも、私はモデルとして着るだけで、ブラウスの一枚だって手が出ないわ」

「君はもう少し、がんばればよかったんだ、ハニー」キングは意地の悪い笑みを浮かべて言った。「自分で考えるより、ねらったところに近づいていたのに」

「なんのこと？」シェルビーはキングのきつい言い方にとまどいながら、やんわりとき返した。

キングは目を細めた。「君のお母さんは多額の借金以外、なにも残してくれなかった。そうだったんだろう、シェルビー？　君は僕がそのことを知らないだろうと確信していた。僕に気にいられようと媚《こ》びへつらったとき、結婚指輪のことが頭になかったなんて、僕が信じるとでも思っているわけじゃないだろうね？　とんでもないよ。僕なら、君のかかえている問題を全部解決できたはずだからな。違うかい？」

シェルビーの顔は真っ青になった。いったいどこからキングはそんなばかげた考えを仕入れたのだろう？　シェルビーはジャニスに視線を向け、彼女の顔から勝ち誇った笑みが消えかかっているのを見逃さなかった。

「私、そのことを全部『ハリウッド・ニュース』の最新版の記事で読んだのよ」ジャニスが甘えるような声で言った。「あなたのお母さんが自殺したとき、ずいぶん困っていたそうだけれど、そのことがいずれ表に出るだろうって、あなた、考えなかったの？」

顔を土気色にしたシェルビーは二人に背を向けると、疲れきったようすで階段をのぼりはじめた。

「自殺だったのよね？」ジャニスは念を押すように言った。「なんて悲しいんでしょう。そういうのって、きっと生まれつきの弱さなんじゃないかしら。遺伝するわね、たぶん。あなたにも自殺願望はある、シェルビー?」

「さあ、なにか飲もう」キングは唐突に言うと、ジャニスを居間へ引っ張っていった。「お嬢ちゃんは寝かせてやろうよ」

「ええ、いいわよ。なんでもあなたの言うとおりにするわ」ジャニスは甘ったるい声を出した。

シェルビーは自室へ戻ると、うしろ手にドアを閉めた。

翌朝、シェルビーがケイト・ブラントの車で牧場を出るとき、キングはまだ二階から下りてきていなかった。シェルビーは泣かなかった。今度はあまりに深く傷ついたせいで、涙すら出なかった。

その後の日々はただただ仕事に没頭しているうちに、なんとなく、ぼんやりと過ぎていった。

イーディはもっとペースを落とすようにとそれとなく仕向けるのだが、なにを言っても、シェルビーの異常なほどのペースを落とさせることはできなかった。ついに、イーディはいてもたってもいられなくなって、ダニーに相談した。すると、ある金曜日の夕方、シェルビーが夜のファッションショーでモデルを務めるための支度をしているところへ、ダニーが現れた。

「ダニー、悪いけど、私、おしゃべりしている時間はないのよ」シェルビーはショーで着るスパンコールで飾られた光沢のある黒いドレス姿で、それに釣り合うバッグを大あわてでさがしまわっていた。

「あと一時間しかないの」

「僕なら、一時間もかからないよ」ダニーはシェルビーをじっくり観察しながら、静かに言った。「もう少し仕事のペースを落とさないと、今に倒れるぞ。骨と皮だけじゃないか」

「ダイエットしているから……」

「ばかなことを言うな。そんな言い訳は信じないよ」ダニーはベージュのズボンのポケットに両手を突っこんだ。「今度こそ、彼はほんとうによくやったと思うよ」

「彼って、だれのこと？」シェルビーは問いかけながら、ソファのクッションの下をさぐって、ようやくバッグを見つけ出した。

「君なら、わかるだろう。今度はキングになんて言われたんだい？」

「家へ帰れって言われたわ。だから、帰ってきたの。そういうことよ」シェルビーはダニーに向かってにっこりした。「仕事中の私を見に来る？」

ダニーは形だけの笑みを返した。「ただ家へ帰れって言ったのかい？」彼はしつこくきく。

「ええ、そうよ。私を尋問するのはやめてちょうだい。いいわね？」

「キングの状態は君よりひどいんだ」ダニーが言った。

心臓がどきんとはねあがった。それでもシェルビーは、キングがどうだってかまわないと考えることにした。

「働きすぎでしょう」シェルビーは言った。

「君たち二人ともそうだよ」ずっとシェルビーに視線を向けたまま、ダニーは肘掛け椅子に腰を下ろし、前かがみになって腕を膝にのせた。「君のお母さんが亡くなったとき、僕はカリフォルニアへ飛ぼうとしたんだ。キングから聞いたかい？」

シェルビーは廊下の鏡の前に立って、一房の髪を耳にはさんでいた。それだけで、全体の雰囲気ががらりと変わる。ダニーの問いに、シェルビーは首を振った。

「キングは僕に行かせようとしなかった」ダニーはやさしく笑った。「まったく驚いたよ。キングがあんなにすばやく行動に移したなんて。そんなことはかつて一度も見たことがなかったからね。会議を二つキャンセルして、買いたがっていた子馬をあきらめて、飛行機の用意をさせて、飛んでいった。君が葬儀のためにカリフォルニアに行ったと聞いてから、十五分とたっていなかったね」

　シェルビーは振り向いて、ダニーを見つめた。

「でも……彼は私を憎んでいるわ」彼女は動揺していた。

「だったら、君を憎むことがキングにおかしな行動をとらせているんだろう。だって、この半年というもの、キングはいつものキングじゃなかったから。だれにしろ君の名前を口にしようものなら、たちまちかんかんになるんだ。君が前回うちへ来てから、ずっとそうだ。真夜中に君が歩いて帰ったあのときからだよ」

　ダニーはそっとシェルビーを見た。

「あの晩、キングがほぼ三時間、君をさがして牧場中を調べまわっていたこと、知っているかい？　それから、彼が十人の牧童をたたき起こして手伝わせたことは？　あとで、君が無事だとわかったとき、キングはバーボンウイスキーの瓶を寝室に持ちこんで、翌朝、起きあがれなくなった。そのことは知っているかい？」

　ダニーの話が終わったとき、シェルビーは真っ青になって、ただの一語も発することができなかった。

「それで、母と僕は、キングがどうかなったのは君のせいだと考えた」ダニーはさらに続けた。「それで、君が僕と婚約しているふりをしたらどうだろう、ということになった。それがどういう影響をおよぼすかを見るためにね」彼は頭を振った。「まったく、その影響たるや、驚くほどだったよ！」

「キングはあなたが私のような人間と関係するのを避けたかっただけよ」シェルビーはつぶやいた。

「彼がそう言ったんですもの」

「ばかばかしい」ダニーは低くうなるように言った。「君が僕と結婚するという考えに我慢できなかったんだよ。君を自分のものにしたかったからだ」

「キングには恋人がいるのよ」シェルビーはそう言うなり、顔をそむけた。

「ジャニスのことかい？」ダニーは小ずるそうな顔できいた。「これがなんとも不思議なんだが、君がいなくなった晩以来、キングはまったく彼女に近づいていない」

「私には関係ないわ」心の内では激しく動揺していても、大きく見開かれたシェルビーの目は冷ややかだった。「私は生きている限り、二度とキングには会いたくないのよ、ダニー！」

ダニーはにやりとした。「キングを愛しているんだね！」

「まさか！」シェルビーは踵《きびす》を返すと、ドアを開けた。「私、ほんとうにもう出かけなければならないのよ、ダニー。今夜のショーが終わっても、〈ジム・アーモンド〉で明日の午前中にもショーがあるの」シェルビーは中心地の高級デパートの名前をあげた。

「わかった。もう一度来るよ。悪く思っていないよね、シェルビー？」ダニーは今度はまじめな顔できいた。

シェルビーはにっこりした。「あなたのことは大好きよ。あなたがお兄様を裏切ったことはしかたがないわね」

ダニーはくすくす笑った。「君は寛大だ」

シェルビーはため息をついた。「ほんとうにそうよ。じゃ、またね」

その晩、シェルビーはダニーが言ったことをいつまでも考えつづけていた。

あのことがほんとうなら、とてもうれしい。キングが私のことを気にかけてくれている。でも、そんなはずはない。そのことはわかりすぎるほどわかっている。彼が私を欲しがったことはたしかだ。でも、それとは本質的に違う。彼は体の関係を求めていても、私といっしょにいることは望んでいない。彼に憎まれていることは間違いないのだから。この苦しみは、開いた傷口に塩をすりこまれるのと同じくらいこたえた。

〈ジム・アーモンド〉での〈ジョマール〉のショーはわくわくするようなすばらしさだった。ジョマールはシェルビーが大好きなデザイナーの一人で、彼女はこの針金のようにしなやかで小柄なニューヨーカーに親愛の情を抱いていた。

シェルビーは服の着心地を楽しみながら、司会者の説明にじっと聞き入っていた。だから、ステージとしてしつらえてある通路を歩きながらも、会場に流れている音楽や観客にはあまり注意を向けていなかった。

「……こちらは、この秋に向けてウエスタン調を取り入れた作品でございます」司会者の声が気持ちよく響く。「スカートとブラウスの組み合わせで、シェルビーが着ておりますのは、カジュアルなスエードのツーピースです。スリットの入ったスカートをカウガールブーツと飾り房のついたベストが引きたてていますね。ベストには、クリーム色のシルクのブラウスと茶とクリーム色のネクタイを合わせています。まさに彼女は西部の生命力そのものという感じがしますね。いかがですか？」髪に白いものがまじった女性司会者は続けた。

シェルビーは長く伸びる通路を歩きながら、ベストの前を広げ、客席の最前列の前で立ちどまり、革のブーツを突き出してポーズをとり……そして、静かに座っている男性に気がつくと、危うくつまずきそうになった。その男性は本物のカウボーイブーツをはき、仕立てのいい茶色のカジュアルスーツを着こなしている。隣の椅子にはクリーム色のカウボーイハットがのっている。

「キング！」シェルビーは小声でつぶやくと、彼の前で凍りついた。

9

シェルビーは立ちどまった。その姿は、ハンターにねらわれた雌鹿《めじか》が今にも逃げ出そうと身がまえているようすにそっくりだった。決意を秘めたキングの黒い目と出合うと、彼女は驚いて目を大きく見開いた。

「話すことがある」椅子から身を乗り出すようにして、キングがぶっきらぼうに言った。

シェルビーの口が開き、そして閉じた。あなたなんか大嫌い。そう言ってやりたかった。しかし、言葉が出てこなかった。

「まるで夢のようにすてきじゃありませんか？」司会者の声が鳴り響いた。「こんな衣装を着ていると、今にも無骨なカウボーイにさらわれて夕日のかなたへ連れ去られてしまいそうですね」

「それも悪くないな」キングは目を細めて立ちあがった。そうすると、シェルビーにおおいかぶさるほどの高さになる。そしていきなり彼女に自分の帽子を押しつけた。「さあ、これを持って」

シェルビーはなにも考えずに受け取った。キングは突然身をかがめると、たくましい腕に彼女をすくいあげた。びっくりするシェルビーの叫び声にも、客たちの視線にも動じない。司会者は大喜びで、キングがもがくシェルビーを会場の外へ運び出すのを見ながら、いっそう声を張りあげた。「いかかでしょう？　ごらんのとおりですわ」

「キング、こんなことができると思っているの！」人込みの中を近くの駐車場へ向かうキングに、シェルビーは抱かれたまま言いつのった。道行く人がみんな注目している。

「できるもできないも、やっているよ」キングは超然として言った。

「下ろして！」シェルビーは叫びながら体をよじった。それでもキングは彼女をしっかりつかまえている。「みんなが見ているわよ、キング！」

「見たければ見せてやればいい」

シェルビーはこぶしでキングのがっしりした胸をたたいた。「あなたなんか大嫌い」彼女は哀れっぽく泣きだした。「大っ嫌いよ！」

キングはまばたきをした。一瞬、顔に影がよぎったが、態度はまったく変わらない。「そんなことはわかっている」静かに答えた。

「下ろしてくれないなら、大声を出すわよ」シェルビーは脅すように言った。

キングは歩調をゆるめようとも、シェルビーを見ようともしない。「どうぞ」

シェルビーは二人のまわりでおもしろがって見て

いるたくさんの顔を見まわして、叫べば、おそらくにやにやしている彼らをもっと楽しませるだけだと思い直した。だから、駐車場に着いて、車のそばに下ろされるまで、じっと体を硬くしていた。

キングは小型の黒いスポーツカーのドアを開けると、シェルビーを乗せ、すばやく車の前をまわって、自分も隣に乗りこんだ。シェルビーはカウボーイハットを突き返した。そうしながらも、目は社交欄が見えるように折りたたまれた新聞に引きつけられた。そこには、自分の写真が見出しとともに載っている。

〝モデルがブラント財閥の御曹司と結婚――シェルビー・ケインは九月にキング・ブラントの花嫁に〟

「さあ、これを見たら、僕がここへ来たわけがわかっただろう」キングがぶっきらぼうに言った。

シェルビーの目に突然涙があふれて、新聞がぼやけた。ダニーはキューピッドになって、こんなことまでやってのけたのだ。こんなふうに婚約を宣言して、兄にどんな効果をおよぼすのか、わかりもしないのに。そして今、キングはそのことでシェルビーを非難しようと待ちかまえているのだ。しかし、彼女は自分が二度とキングの激高に耐えられるとは思えなかった。

すすり泣きながら、シェルビーはいきなりドアを開けて車から飛び出した。キングがつかまえる間もなかった。彼女は道路のほうへ向かって駐車場の中をやみくもに走り、歩道の縁石を踏みはずし、まさに大型トラックが突進してくる車道へ出てしまった。

「シェルビー！」聞いたことのない、人間の声とも思えない声がした。キングの声とも思えない。しかし、鞭《むち》のようにしなやかな腕が自分の体にまわされ、迫り来るトラックの前から引っ張り出されるのを感じたとき、その声がだれのものか、ようやく気がついた。

キングはシェルビーの体を押しつぶすほど強く抱

きしめた。彼の体は木の葉のように小刻みにふるえている。キングがふるえているなんて！

「ああ、よかった。あと一秒遅かったら……」キングはシェルビーの耳元で歯をきしませながら言った。彼女の体にまわされた腕にさらに力が入る。「このばか者が！」

　シェルビーはこみあげるすすり泣きをこらえるように唇を噛《か》み、目を閉じた。「どうして私を引き戻したの？」しゃくりあげながら言った。「そんなこと、してくれないほうがよかったのに……」

「ばかを言うな！」キングがかすれた声で言った。「金輪際そんなことを言うんじゃない！　決してだぞ。いいな、シェルビー！」

　キングは体を引いて、涙に濡《ぬ》れたシェルビーの顔を見おろした。彼の顔は土気色になっている。間近に死人の顔を見た人間のようだ。手を伸ばして、シェルビーの頬から髪を払いのける。

「僕はおろかにも、いつも君に対して見当違いのことを言ってしまう。行動にしても、そうだ。よけいなことをすべきではなかったんだ」

　シェルビーは下唇を噛み、流れる涙を払い落とした。「なぜ、そんなこと……いえ、理由はわかっているわ。そうよね？」そう言って、泣きだした。

　キングは短く息を吸うと、真剣な顔で言った。「川沿いにカフェがあるから、コーヒーでも飲もう。そのあと君をショーの会場まで送っていくよ」

　シェルビーはキングの言うがままに、歩道に面したカフェの小さな円テーブルについた。少し歩いたところに、サンアントニオの街を流れる川がある。街の真ん中にいながら、郊外に出かけたような気分になる。どこからかわからないが、近くからメキシコの民族音楽が流れてくる。

　シェルビーは目を伏せたまま、無言でコーヒーを口に含んだ。キングを永遠に失う前の最後の貴重な時間を、こんなふうに彼とともに過ごしていると思うと、心底つらかった。それに、新聞に結婚広告を載せたのは自分ではないということをまだ説明していなかった。言っても信じてもらえるかどうかは疑問だけれど。

「大丈夫かい？」キングの張りつめた声がした。

シェルビーはうなずいた。「ただふるえがとまらないだけ」そう言うと、すばやくキングに視線を投げた。「最近、ダニーに会った？」

「今朝会ったよ」キングはすんなりした指でコーヒーカップに円を描きながら答えた。「君の居場所はダニーから聞いたんだ」

「そうだったの」シェルビーは濃いブラックコーヒーを一口すすった。「わ、私……あんなこと、していないのよ」小声で切り出す。「信じてはもらえないと思うけれど、私がやったんじゃないわ、キング」

キングはぼんやりとシェルビーを見つめるばかりだ。シェルビーは聞こえていないのかといぶかった。彼の目はほとんど黒と言っていいくらいで、けわしい顔には新しいしわが何本も刻まれていた。

「どうしたの？」シェルビーはやさしくきいた。

キングの眉がぴくりと動いた。それでもシェルビーの問いには答えようとしない。「さっさとコーヒーを飲んでくれ」彼は冷ややかに言った。「僕は家に戻らなければならない」

シェルビーは目を伏せた。「だったら、なぜわざわざ来たの？」

「どうしてだかわからない」キングは声を荒らげた。

「頭がおかしくなっていたんだ」

「ダニーはよかれと思ったのよ」シェルビーはつぶやくように言った。

「弟もそう言っていた」キングはごくりとコーヒーを飲みほした。「いつかあいつの首の骨をへし折ってやる」

「取り消し広告なら、いつでも載せてくれるわ」シェルビーはなだめるように言うと、キングの目を見あげた。

キングは奥歯を噛み締めた。「そのとおりだ」

「あの……ジャニスは見たの？」シェルビーはためらいがちにきいた。

「そんなこと、どうして僕にわかる？」キングはかっとなって尋ねた。「何週間も会っていないのに」

「でも……」

「でも、なんなんだ？」キングは声を張りあげた。

「なんでもないわ」

「君は今週、なにか食べたのか？」腹立たしげにききながら、キングはシェルビーのやせた体つきを目で追った。

「モデルは細くなければ、やっていけないわ」シェルビーはつぶやくように言った。

「骸骨《がいこつ》みたいになる必要はあるまい。まったく、なんてことだ、シェルビー。それじゃ、まるで生ける屍《しかばね》だ！」

シェルビーはすねたように下唇をとがらせた。

「なにを心配しているの？」力なくきいた。「私が自分の人生をどう生きようと、あなたにはなんの関係もないでしょう！」

キングの顎が痙攣《けいれん》するように動いた。「そうだな。たった今、君はそのことを証明したばかりだ」声がかすれる。「トラックの前に飛び出して、僕を君の人生から締め出そうとしたというわけだ。そうだろう、ええ？」

シェルビーはあっけにとられてキングを見つめた。

「なんのこと？」

「今ごろ自己分析しても、少々手遅れだ」キングは勘定書をとって立ちあがった。「出かける前に、ほかになにか欲しいものはあるかい？」

シェルビーは首を振ると、カウンターへ向かうキングを目で追った。彼は勘定を払っている。こんなことにならなければよかったのに。シェルビーは寂しげな笑みを浮かべた。たとえ、キングに愛されていなくても、自分に彼を思う気持ちがあれば、それでうめ合わせることができる。そしてキングの息子を産んでしまえば……。

息子。きっとキングは喜んでくれる。スカイランスの跡継ぎができるのだから。黒い髪と濃い茶色の目をしたかわいい男の子。キングが望まない愛情を息子にたっぷり注いであげよう。

キングが大股で戻ってくる。足早にきびきびと、しかもいらだたしげに。

「用意はできたかい？」口調もぶっきらぼうだ。

シェルビーはうなずいて立ちあがった。キングが手をとって椅子から出るのを助ける。彼に触れられただけで、シェルビーの体にふるえが走った。

キングはシェルビーの顎をぐいと持ちあげると、彼女の目に見入った。その目からは、隠そうとしても隠しきれない、キングに惹《ひ》かれる思いが燃えたつようにほとばしっていた。

キングは顔をしかめると、穏やかな口調で言った。

「シェルビー、チャンスを与えてくれてもよかったんだ。そうすれば、少なくとも僕が君に嫌悪感を抱いていないことはわかっただろう。そこがスタートなんだから」

「なんのことを言っているの？ さっぱりわからないわ」シェルビーは小声で言った。「チャンスって、なんのチャンスなの、キング？」

しかめっ面はますますひどくなった。キングは細めた目を怒りでぎらぎらさせながら、シェルビーを見おろした。「どうしてあんなふうに車から飛び出したのか、聞かせてもらいたいね」

「どうしてって、新聞の記事を見たからよ」シェルビーは落ち着いていた。「だって、あなたは私があんなことをしたと思っている。いくら私じゃないと言っても、そのことを納得させる自信がなかったから。だって、ダニーが……」

「記事を見て、どう思ったんだ？」キングは怒りを爆発させた。

シェルビーはキングの目に険悪な色が浮かんでいるのを察知して、あとずさりした。「あなたが私を責めると思ったの」彼女は目を見開いて、繰り返した。

突然、キングの顔からけわしいしわが消え、怒りのかわりに、あっけにとられたような表情が浮かんだ。そして彼はシェルビーを見つめた。

「なんてことだ、シェルビー」キングの声は乱れている。「僕の怒りに向き合うより、トラックの下敷きになるほうを選んだというのか？　なんてことだ！」

シェルビーは、キングの低い声が苦悩の色をおびているのがなぜなのか、理解できなかった。彼はシェルビーから顔をそむけると、両手をポケットに突っこんだ。

「今の今まで、僕は君に対してどれほどつらくあたっていたか、気がつかなかった」キングの声はいつもと違って妙に低い。「君がそこまで僕のことを気にしていたとは、思いもしなかった」

「もういいの」シェルビーはキングを思いやるように言った。「私……私にはあなたの気持ちがわかるから」

「いや、わかりっこない」キングは陰鬱《いんうつ》そうに笑った。「君には想像もつかないだろう」そう言うと、急に向きを変えて、じっとシェルビーを見つめた。彼の目からはどんな感情も読み取れない。「僕は君に強い影響をおよぼしていた。そうなんだね？　なんてことだ、そんなことにも気がつかなかったとは。

君はまるで生ける屍だ。目を赤くして、かつての気ままな少女が、くたびれた老女になってしまった。まったく、僕は君になんてことをしてしまったんだ！」

キングはうなるように言うと、シェルビーに背を向けて車のほうへ歩きだした。

「さあ、行こう。僕から逃げ出そうとして死にかける前に君がいた場所へ送り届けるよ」

シェルビーは夢遊病者のようにキングに従った。まだ彼のふるまいにとまどっていた。なにかのせいで、いらだっているらしいが、それがなんなのか、まったく見当もつかなかった。

街の中心地区へ戻る車中、シェルビーはキングの隣でぼうっとしていた。

「お願い、ショーの会場へは連れ戻さないで。とても耐えられそうにないの。私のアパートメントは次の通りを右へ行ったところだから、もし差し支えなかったら、寄り道してもらえると……」

「かまわないよ」

シェルビーは、キングがアパートメントの建物の外に一つだけ空いていた駐車スペースへ車を入れるまで、そのあとはいっさい口をきかなかった。なにを言えばいいのかも、どう言えばいいのかもわからず、じっと座っていた。これが彼の見おさめだとわかっていたから……。

「話すべきことはすべて話したから、これでお別れだ、シェルビー」キングは残酷なほど冷静だった。

シェルビーはうなずいた。息づまるような沈黙の中で、キングのまなざしをさがし、そうしながらも、彼の顔のすべてを、しわの一本一本までをもらすことなく記憶にとどめようとした。涙でキングの顔がぼやける。熱くて、心が痛くなるような、まぎれもない涙。

キングが突然顔をしかめた。「シェルビー……」

手を伸ばして、彼女の頬から涙を払う。

シェルビーはキングの指をつかむと、無意識のうちに自分のやわらかな頬に押しあてた。もう一度最後にキングの目をのぞきこみながら、彼女は自尊心が粉々に砕け散る音を聞いた。

「お別れのキスをして」声をつまらせながら、シェルビーは訴えるようにささやいた。「お願い！」

ゆっくりした動作で、キングがすんなりした、たくましい手に頬を包みこんでくれるのを感じる。シエルビーは、キングが信じられないというように目を見開き、これでいいのだと確信して、その目の色が濃くなるのを見つめていた。

キングは身をかがめると、唇をそっとシェルビーの唇に重ねた。そのやさしさはシェルビーの目にみるみる熱い涙をあふれさせ、その心地よい圧力はうずくような喜びを約束した。

「そうじゃないわ」シェルビーはキングの唇にささやいた。

シェルビーの顔を包むキングの手に力が入った。

「じゃあ、どうしてほしいんだ？」彼がかすれた声で尋ねる。

「こんなふうにして、キング」そう言うと、シェルビーは両方の腕を伸ばして彼の首にまわし、彼の唇を引き寄せた。突然、車の中に空気をふるわすような沈黙がたれこめた。

シェルビーはやさしく唇を重ねたまま、コンソールボックスを越えて移動し、すべるようにキングの膝にのぼった。そして彼の腕が自分の体にまわされるのを驚きとともに感じた。

「スポーツカーはこういうことに向くようには設計されていないんだよ」キングは自分の唇にシェルビーの唇が誘惑するようにそっと触れるのを感じながら、ふるえる声でささやいた。

「そうだったかしら？」シェルビーは問い返しなが

らも、頭がくらくらしそうだった。キングの顔のあらゆる場所にキスをしたい。そう思ったら、我慢ができなくなった。シェルビーはなおもキングに体を押しつけ、どうやら自分のせいで起きたらしい彼の変化にうっとりとなった。

シェルビーの背中にまわされたキングの手に力が入り、押しつぶさんばかりに彼女を自分のたくましい胸に引き寄せる。そうして、シェルビーの下唇をそっと噛んだ。

「いったい君はなにをするつもりだ？」キングがかすれた声でうなるようにきいた。

「愛の営みっていうのよ、きっと」シェルビーはキングの唇に向かってささやく。

「こんなことを始めたら、途中でやめられなくなる。わかっているのかい？」キングはやんわり警告する。

「約束なんて、守られたためしがないわ……」

キングは乱暴に唇を重ねると、シェルビーの体をすくい取るようにしてしっかり抱きしめ、むさぼるようにキスを繰り返した。二度と息ができないのではないかと思うほどの激しいキスに、シェルビーは息なんかしなくてもいいとさえ思った。

「こんなふうに感じたいのなら」キングの声は激情に駆られて、かすれている。「僕と結婚したらいいだろう」

シェルビーはキングの腕の中で凍りついたように動きをとめ、信じられないといった面持ちで彼を見あげた。「あなたと結婚？」

キングは気持ちをしずめるように息を吸うと、シェルビーのなめらかな髪を撫《な》でつけた。「シェルビー、新聞に発表したのは僕なんだ。あれは君をずっと引きとめておきたいという、僕なりのやり方だった。君が逃げ出したとき、僕との結婚という考えに耐えられなくなったせいだと思った。それで、なにがいけなかったのか、原因がわかったとき、僕はぞっとしたよ」彼はシェルビーの上気した顔をゆったりとした動きで愛撫《あいぶ》しつづけた。「君がそれほど僕をこわがるのなら、すべてを忘れよう。そのほうが二人のためだと思ったんだ」

シェルビーは目に思いのたけをこめてキングの瞳を見つめた。「逃げ出したのは、あなたをどうしようもないほど愛していたからよ。でも、いつも一方通行になってしまう。それがわかったから……」

キングはふるえているシェルビーの唇にそっと指を押しつけると、やさしく言った。「一方通行だって？　じゃあ、僕たちがどんなふうに一方通行なのか見せてあげよう」

キングはシェルビーを引きあげると、唇を重ね、いとおしそうに愛撫した。シェルビーの目からは真珠がとけたような涙がとめどなくあふれた。

「わかったかい？」キングがやさしくささやく。「君を愛しているよ。愛しすぎて胸が苦しくなるほどだ。僕たちの子供が欲しい。なにをするにも、君にそばにいてほしい。いいときも、悪いときも、ずっとだよ。ただし、その間、僕をこわがって逃げ出すのなら、ごめんだ」

シェルビーは笑顔でキングを見あげた。「でも、もうあなたの扱い方はわかっているわ。そうでしょう？」彼女は彼の頭を引き寄せた。

「だけど、ときどきはこうする以外のこともしないとね」キングはシェルビーの燃えるような口元にささやきかけた。

「だったら、私と結婚して、こうする以外どうすればいいのか、教えてくれなければだめよ。わかった？」シェルビーはいたずらっ子のように言った。

「承知いたしました」やさしい口調で言うキングの目は真剣だった。「永遠というのは、とてつもなく長い時間のことだよ」

シェルビーはうなずいた。「それだけあれば、じゅうぶんね、きっと」

キングは両腕でシェルビーを包みこむと、ぐっと引き寄せた。シェルビーは彼の温かな喉に顔をうずめ、目を閉じた。本物の天国はお預けよ。シェルビーは満足そうに考えた。人の一生にとって、ここは申し分のない天国ですもの。

ハーレクイン®

ハーレクイン・ディザイア　2004年6月刊（D-1040）

蔑まれた純情

2024年7月5日発行

著　　者	ダイアナ・パーマー
訳　　者	柳　まゆこ（やなぎ　まゆこ）
発 行 人	鈴木幸辰
発 行 所	株式会社ハーパーコリンズ・ジャパン 東京都千代田区大手町1-5-1 電話 04-2951-2000（注文） 0570-008091（読者ｻｰﾋﾞｽ係）
印刷・製本	大日本印刷株式会社 東京都新宿区市谷加賀町1-1-1
装 丁 者	sannomiya design
表紙写真	© Irina Bogolapova, Trong Nguyen, Frantisek Chmura, Haywiremedia ｜ Dreamstime.com

造本には十分注意しておりますが、乱丁（ページ順序の間違い）・落丁（本文の一部抜け落ち）がありました場合は、お取り替えいたします。ご面倒ですが、購入された書店名を明記の上、小社読者サービス係宛ご送付ください。送料小社負担にてお取り替えいたします。ただし、古書店で購入されたものについてはお取り替えできません。®とTMがついているものはHarlequin Enterprises ULCの登録商標です。

この書籍の本文は環境対応型の植物油インクを使用して印刷しています。

ISBN978-4-596-63568-6 C0297

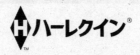

ハーレクイン・シリーズ 7月5日刊 発売中

ハーレクイン・ロマンス

愛の激しさを知る

秘書は秘密の代理母	ダニー・コリンズ／岬　一花 訳	R-3885
無垢な義妹の花婿探し《純潔のシンデレラ》	ロレイン・ホール／悠木美桜 訳	R-3886
あなたの記憶《伝説の名作選》	リアン・バンクス／寺尾なつ子 訳	R-3887
愛は喧嘩の後で《伝説の名作選》	ヘレン・ビアンチン／平江まゆみ 訳	R-3888

ハーレクイン・イマージュ

ピュアな思いに満たされる

捨てられた聖母と秘密の子	トレイシー・ダグラス／仁嶋いずる 訳	I-2809
言葉はいらない《至福の名作選》	エマ・ゴールドリック／橘高弓枝 訳	I-2810

ハーレクイン・マスターピース

世界に愛された作家たち
～永久不滅の銘作コレクション～

あなただけを愛してた《特選ペニー・ジョーダン》	ペニー・ジョーダン／高木晶子 訳	MP-97

ハーレクイン・ヒストリカル・スペシャル

華やかなりし時代へ誘う

男爵と売れ残りの花嫁	ジュリア・ジャスティス／高山　恵 訳	PHS-330
マリアの決断	マーゴ・マグワイア／すなみ　翔 訳	PHS-331

ハーレクイン・プレゼンツ作家シリーズ別冊

魅惑のテーマが光る
極上セレクション

蔑まれた純情	ダイアナ・パーマー／柳　まゆこ 訳	PB-388

※予告なく発売日・刊行タイトルが変更になる場合がございます。ご了承ください。

7月12日発売　ハーレクイン・シリーズ 7月20日刊

ハーレクイン・ロマンス　愛の激しさを知る

夫を愛しすぎたウエイトレス	ロージー・マクスウェル／柚野木　菫 訳	R-3889
一夜の子を隠して花嫁は《純潔のシンデレラ》	ジェニー・ルーカス／上田なつき 訳	R-3890
完全なる結婚《伝説の名作選》	ルーシー・モンロー／有沢瞳子 訳	R-3891
いとしき悪魔のキス《伝説の名作選》	アニー・ウエスト／槙　由子 訳	R-3892

ハーレクイン・イマージュ　ピュアな思いに満たされる

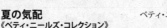

小さな命、ゆずれぬ愛	リンダ・グッドナイト／堺谷ますみ 訳	I-2811
領主と無垢な恋人《至福の名作選》	マーガレット・ウェイ／柿原日出子 訳	I-2812

ハーレクイン・マスターピース　世界に愛された作家たち　～永久不滅の銘作コレクション～

夏の気配《ベティ・ニールズ・コレクション》	ベティ・ニールズ／宮地　謙 訳	MP-98

ハーレクイン・プレゼンツ作家シリーズ別冊　魅惑のテーマが光る極上セレクション

涙の手紙	キャロル・モーティマー／小長光弘美 訳	PB-389

ハーレクイン・スペシャル・アンソロジー　小さな愛のドラマを花束にして…

幸せを呼ぶキューピッド《スター作家傑作選》	リン・グレアム 他／春野ひろこ 他 訳	HPA-60

文庫サイズ作品のご案内

◆ハーレクイン文庫・・・・・・・・・・・・・毎月1日刊行
◆ハーレクインSP文庫・・・・・・・・・・毎月15日刊行
◆mirabooks・・・・・・・・・・・・・・・・毎月15日刊行

※文庫コーナーでお求めください。